O Pilar de OSÍRIS

Margaret Bakos

1ª edição / Porto Alegre-RS / 2021

Capa: Marco Cena
Produção editorial: Maitê Cena e Bruna Dali
Revisão: Júlia Dias
Produção gráfica: André Luis Alt

Dados Internacionais de Catalogação na Publicação (CIP)

B168p   Bakos, Margaret
        O pilar de Osíris. / Margaret Bakos. – Porto Alegre: BesouroBox, 2021.
        168 p. ; 14 x 21 cm

        ISBN: 978-65-88737-54-5

        1. Literatura brasileira. 2. Romance. I. Título.

CDU 821.134.3(81)-31

Bibliotecária responsável Kátia Rosi Possobon CRB10/1782

Copyright © Margaret Bakos, 2021.

Todos os direitos desta edição reservados a
Edições BesouroBox Ltda.
Rua Brito Peixoto, 224 - CEP: 91030-400
Passo D'Areia - Porto Alegre - RS
Fone: (51) 3337.5620
www.besourobox.com.br

Impresso no Brasil
Setembro de 2021.

Dedicado a
Lucas, Henrique e Martina.

Agradecimentos
Ao Alcy Cheuiche, Ana Helena Rilho e
Lucio Bakos, preciosos colaboradores.

Ouçam um resumo da sua fala:
Aumentei todas as fronteiras do Egito; tirei aqueles que invadiram suas terras.
Eu destruí as tribos; saqueei seu povo, suas posses, seu gado igualmente, sem número.
Eles foram imobilizados e levados cativos, como tributo ao Egito. Eu os entreguei aos deuses, como escravos em sua casa.
Discurso de guerra de Ramsés III

Naquele tempo, havia um deus singular, poderoso, que, após falecer, tornou-se senhor dos mortos e protegeu Deir el Medina desde a sua criação. Seu nome em egípcio é ASAR/USIR; na língua grega é OSÍRIS.

Homem envolto numa mortalha da qual saem apenas as mãos que seguram os cetros do poder (o mangual e o cajado). Na cabeça, apresenta uma coroa de tronco cônico franjada por duas penas, da base emergem dois chifres de carneiro retorcidos (coroa de Atef).

Sua pele é pintada de verde ou preto, como um símbolo de renascimento.

O aspecto animal de Osíris é raro, porém pode aparecer na forma de um peixe grande.

Seu objeto sagrado é o *Pilar de Osíris* e o estandarte cônico que está representado no templo de Abidos, onde alguns textos mencionam que a cabeça do deus foi guardada.

SUMÁRIO

Prefácio 13
I. Dhutmose 15
II. Butehamun 25
III. A carta 33
IV. Butehamun e a vida de escriba 41
V. Reunião com Vizir 49
VI. Assuntos de família 57
VII. Uma casa feita de amor 67
VIII. Serpente encantada 71
IX. Silêncio e uma longa carta 81
X. Maternidade 93
XI. Atentado 103
XII. Leila 113
XIII. Mammisi 121
XIV. Operários parados 131
XV. Conversa de casal 137
XVI. Volta ao trabalho 143
XVII. Deusas em cena 149
Epílogo 155
Pósfacio: Um Egito *ben trovato* 159
Glossário 165

PREFÁCIO

Este livro, Pilar de Osíris, é o romance de estreia da historiadora Margaret Bakos. Pelo jeito, ela veio para ficar em literatura. O que se encontra nestas poucas dezenas de páginas? Uma escrita concentrada, sempre com a corda esticada ao máximo, nenhuma linha perdida, sem excessos, tudo sob medida para a necessidade da história. Os obcecados por definições de gênero entrarão num debate estéril: romance ou novela? Talvez seja o caso de a autora se preparar para responder como Machado de Assis a Capistrano de Abreu: "As Memórias Póstumas de Brás Cubas são um romance?" O próprio personagem narrador defunto respondia "que sim e que não, que era romance para uns e não o era para outros". Assunto, portanto, muito bem resolvido.

Margaret Bakos usa os seus conhecimentos históricos, sem sobrecarregar a narrativa com um discurso de autoridade, para contar a vida de um escriba egípcio. O leitor viajará ao Egito antigo, aprenderá sobre os seus costumes, tomará conhecimento das múltiplas atribuições de um escriba, viverá com ele e sua família angústias, temores e expectativas. Entrará em palácios, experimentará o clima místico, sentirá a presença do faraó, entenderá que cada povo pode viver uma realidade, esse é o termo, capaz de parecer irreal a outros. Não darei qualquer *spoiler* – palavra que se impôs e apavora resenhistas e prefaciadores – para evitar a quebra do mistério da obra. Direi apenas que vale investir num pacto de leitura. A escritora, sem nada prometer, entrega reflexão, emoção e alegria.

Como assim alegria? Um texto de ficção nunca deixa de ser uma proposta séria de entretenimento a ser conferida na hora. Se for bom, proporciona a alegria da leitura, a satisfação dos sentidos, o contentamento da alma, supondo que ela existe ou que denomina essa parte de nós que não localizamos, mas sentimos, e que guarda possivelmente o mais importante do que somos. Ouso dizer, nossa essência. Fui pego pela narrativa desde este primeiro parágrafo tão conciso quanto convidativo: "Dhutmose era um escriba qualificado que trabalhava na vila de Deir el-Medina, no Alto Egito. Ocupava o *posto* mais importante do lugar, o que lhe dava o título de *Escriba da Tumba*". O resto foi seguir o fio da navalha e a densidade do texto.

O Padre Vieira teria dito depois de uma longa carta, "não tive tempo de ser breve". Eu serei. A concisão do livro me obriga a ser econômico. Creio que o leitor é que se permitirá esbanjamentos.

Juremir Machado da Silva
Escriba amador

I. DHUTMOSE

... Na verdade, eu estou vivo hoje, amanhã está nas mãos de deus.

Sou eu quem deseja te ver e ouvir sobre a sua condição diária.

Qual é o sentido do meu envio dessas muitas cartas enquanto você não enviou uma sequer? O que eu fiz contra você?

Carta de Dhutmose para Butehamun.

Dhutmose era um escriba qualificado que trabalhava na vila de Deir el Medina, no Alto Egito. Ocupava o *posto* mais importante do lugar, o que lhe dava o título de *Escriba da Tumba.*

A tragédia começou quando ele foi convocado para uma missão de guerra, na fronteira do Egito com a Núbia. Neste local ocorria um conflito entre os dois países, o qual ele deveria registrar os fatos e manter a alimentação e a obediência dos operários, forçados, como ele, a uma função de guerra.

O deus Osíris, aquele a quem ele mais respeitava, era o inspirador das suas atitudes ao longo da carreira. Este deus, junto com sua esposa Ísis, personificava o princípio histórico e o da ordem política. Era, por excelência, o legitimador do reino do Egito e representava todos os aspectos benéficos do amor familiar. Não só ele era o deus da vegetação, como também personificava o vale fértil do Nilo e as boas colheitas.

Osíris tomava o aspecto de um peixe, ao ser mumificado por Anúbis, sobre o leito de preparo para o enterramento. O peixe significava a imortalidade e a metamorfose, tal como os peixes que viviam sob as águas, assim como Osíris, quando seu irmão Seth tentou afogá-lo.

Este deus possuía como emblema sagrado, chamado *Pilar Djed*, uma imagem que Dhutmose levava sempre consigo e à qual ele atribuía poderes mágicos, principalmente como mantenedor do núcleo familiar.

Dhutmose era amigo de um escultor muito habilidoso de Deir el Medina. Encomendara a ele um *Pilar Djed*, para cada filho, nos seus nascimentos. Tinha profunda crença no simbolismo apotropaico do objeto pré-histórico, de origem pouco conhecida, que lembrava uma árvore sem folhas. Ele acreditava que, o mais provável, era que tivesse sido criado à imagem de uma vara, usada na agricultura, a qual se amarravam espigas de milho em camadas. Daí a sua ligação com Osíris, o deus protetor da agricultura.

O papel mais importante do pilar estava no seu uso nos ritos rústicos de fertilidade, um símbolo de poder, no qual a energia do grão era preservada. Por tais razões, o pilar tornou-se um símbolo de Osíris no começo do Novo Reino.

Imerso nestes pensamentos, Dhutmose vivia aborrecido e atemorizado nas altas comarcas da *Primeira Terra de Ísis,* como era chamado o deserto superior da Núbia. Para aquela região tinha sido enviado, muito a contragosto, a fim de resolver um terrível conflito de fronteiras. Somente ele, por sua qualificação como General do Exército Faraônico, poderia solucionar aquele complexo impasse. E ele foi.

Solitário, triste, Dhutmose decidiu esculpir na pequena montanha de pedra grês, onde se refugiara e estava sentado para o almoço, o nome de todos os homens da sua família, que também foram escribas, com os significados que ele sabia. A lista começava com Ipuy, o patriarca da família, e se completava com o sexto escriba, seu filho.

A vida de Dhutmose transcorria triste mas, pelo menos, à noite, ele dormia e não lhe faltava comida. Era tudo o que precisava para aguentar ficar longe de sua família, da esposa nova, tão amada – Shenendua – e dos filhos pequenos que ela lhe dera, que precisavam muito dele ainda. E Dhutmose que, na maturidade, não esperava mais filhos, estava feliz. Tudo vai muito bem, repetia, até que o Vizir lhe comandou:

– Vá até a fronteira e defenda o Egito, na Núbia.

A aceitação de uma incumbência militar era parte da obrigação ensinada ao longo do processo de formação do escriba. Lamentava, Dhutmose, que já viajara para muitas regiões fronteiriças para defender seu país. Pensava, revoltado, que poderia ter sido dispensado dessa nova penitência nos desertos da Núbia.

Na aridez que cercava o seu acampamento, construído com troncos de árvores, panos tecidos toscamente e esteiras, ele fechava os olhos para descansá-los da luz. Logo lhe vinha à mente a recordação das escaramuças, sobretudo dos sírios, e ficava nervoso. As pernas tremiam. O enfrentamento com os núbios, comparativamente, parecia-lhe ainda mais temível, porque eles eram excelentes arqueiros. E as flechas portavam um veneno mortal.

Dhutmose sentia-se mal. Precisava e buscava uma atividade fora da rotina. Como era um homem forte, que ainda podia manejar o arco e a flecha, a caça era um de seus passatempos favoritos. Porém, com a capacidade de mira falhando, raramente voltava com a presa. Ao contrário, levava uma sensação de vulnerabilidade com relação à mata, aos animais selvagens, a tudo, enfim.

O que mais lhe dava satisfação era a atividade de escriba escultor, para a qual se sentia bem preparado. Principalmente após ter recebido um cinzel novo, bem afiado, de ferro esmerilhado. Carregava a experiência acumulada ao longo de diversos períodos de trabalho nas tumbas da Vila, como instrutor de jovens artesões.

No alto de uma colina ensolarada, de pedra calcárea, com a cabeça coberta por uma grossa manta de linho, começaram a surgir, em hieróglifos legíveis, bem desenhados e uniformes, os nomes dos escribas que faziam parte da sua família. Desde Ipuy, o patriarca, até o seu sucessor atual, o mais jovem a ter ingressado na *Per Ankh* de Deir el Medina.

 *Ele que voa longe*

O protetor de Amon

Pequeno Horus

Aquele que aparece com a coroa branca

Filho de Thot

Lugar de Amon

Butehamun era o seu filho mais jovem, também escriba. Muito estudioso, havia se destacado na *Per Ankh Kap*, a escola mais importante do Egito onde, há várias dinastias, estudavam e eram educados, nas regras sociais e nos rituais artísticos e honoríficos, os filhos dos faraós e da nobreza.

O ingresso de Butehamun nesta escola, bem como o de outra jovem de Deir el Medina, chamada Merit, foi autorizado pelo próprio Faraó Ramsés III, pois a fama da excelência de ambos correu pelas duas terras. Estavam sendo reconhecidos por ele e proclamados pelo *Senhor do Alto e Baixo Egito*, para todo o país.

Enquanto cinzelava o nome do filho caçula na pedra, Ankhesenamun, *aquele que vive em Amon*, o último estudante de escriba da família até o momento, que ainda não estava na *Per Ankh* dos escribas, uma poeira que se formava, linearmente, no caminho que conduzia até o lugar onde ele estava sentado, indicou para Dhutmose a chegada de alguém à sua procura. Mastigou o resto do pão e se posicionou de forma mais digna para um escriba. De estirado no chão passou a acocorar-se sobre as pernas cruzadas, como era comum no seu ofício, o dorso bem esticado e os olhos muito abertos.

O empoeirado que chegava era um emissário que não lhe pareceu muito amigo. Ao contrário, seu olhar era feroz e Dhutmose sentiu-se acuado. Eram incomuns assaltos onde ele fora se refugiar para um almoço tranquilo. Mas sentiu medo. Decididamente, não queria que nada de mal lhe sucedesse naquele momento da vida. Tremendo, estendeu a mão para o jovem que lhe entregou um papiro enroladocom um selo de cera, que impedia sua abertura.

Dhutmose quebrou o selo com o cinzel, esticou o papiro e leu:

Uma trepadeira pode sufocar mil árvores. Então vê, tu podes desembaraçá-la.

Quanto aos homens que lá permanecem confinados, eles têm fome, os seus trabalhos são extorquidos.

Eles falaram em romper quando o céu estiver baixo em altitude.

Depois da leitura, o seu temor em relação ao carteiro passou, porém surgiu outro tipo de pavor, tão violento quanto uma tempestade de areia. Seu pensamento voltou-se para as aulas de seu professor Thot Ankh:

— Cuidado quando uma carta não tiver emissário, nem votos de *ankh wedja seneb* — vida, prosperidade e saúde. Fique atento também quando falta o remetente. Isto significa que o conteúdo é de domínio de muitas pessoas! Pode ser prenúncio de uma rebelião!

Dhutmose nunca esqueceu esta primeira lição. Analisando a carta, compreendeu que, talvez, não seria tão grave o caso, porque ela dizia que ele poderia desembaraçar a árvore, ou seja, a situação ainda era remediável. Este era um olhar otimista e tranquilizador. No entanto o aviso sobre a existência dos confinados famintos e explorados, este sim, era muito grave. O rompimento à noite também devia ser levado em conta. Mas o que fazer, se não chegava o pagamento de cereais, pois o Vizir estava ausente na Corte, tratando graves problemas militares, em Tebas? O que pode ser mais grave do que fome, greve e assalto às autoridades de Deir el Medina?

Dhutmose resolveu tomar algumas notas. Essa era outra lição do professor Thot Ankh, a assiduidade nos registros:

Esta mensagem chegou no terceiro dia do mês de peret, quando as terras já estavam emergindo, no ano 14 do Faraó Ramsés III. O cenário é de enfrentamento militar. Faltam armas, roupas, acomodações, comida e remédios para os militantes faraônicos.

Lida a missiva e feita esta anotação, Dhutmose, a passos lentos, segue para o alojamento. O sol está quente e seu corpo cansado. Sabe qual o teor da carta que deve enviar para o escriba, seu filho, em Deir el Medina, que está em seu lugar naquele Posto Principal, ao Norte do Egito. O que dizer e o que pedir ao filho, ele também sabe, bem como pode imaginar a recepção que a carta terá por parte dele. Como pai, conhece mais do que ninguém o tipo de mal-estar que o jovem sentirá. E a resposta a esperar dele pode ser traumatizante. Dhutmose treme, e não é de frio. O Escriba da Tumba está em pânico!

Dentro da tenda, ele se senta no banco de três pernas, que levara de Deir el Medina. É um modelo novo, que alguém fez na Décima Oitava Dinastia, Novo Império, durante o governo de Amenófis III. Dhutmose ganhou o banco do Vizir, depois de uma remessa excepcional de ouro da Núbia, que ele lhe enviara. Pensou que esse tributo recolhido com tantas perdas de vidas e sacrifício da sua saúde seria recompensado por missões mais amenas, mas nada disso. Está aqui, agora, sem saída para tantos problemas.

Com pouca vontade, devagar, Dhutmose pega a paleta que está ao seu lado em uma mesinha de acácia, muito graciosa. Esta é provavelmente a madeira mais utilizada das árvores nativas. Por ser muito dura, pesada, fica imune ao ataque de insetos e da umidade. Acomoda-se com a paleta apoiada nas pernas e escreve:

Todos os dias apelo para Seth, o Ombite, que está à frente do Senhor Universal, o grande Deus da ocasião primordial, para dar-te vida, prosperidade, saúde e muitos favores, na presença de Amon-Rá, Rei dos Deuses, o seu Senhor.

Realmente, qual é a utilidade de falar contigo, se não me ouves e permaneces ocioso nesta comissão do Faraó, o seu bom Senhor, na qual estás envolvido e precisas de atitude. Agora é um único cipó que pode sufocar mil árvores, mas vê, és tu quem pode desembaraçá-las.

Tu não me ouves. Possa Amon aparecer diante de ti! Mesmo que os encargos sejam demasiados, tu não serás capaz de deixar de atender ao Faraó. Faça-os ir buscar os cereais para que as pessoas não fiquem famintas e doentes nos encargos e o Faraó lance acusações contra ti.

Vê, eu escrevi para oferecer-te o testemunho através do vigia Wenamun. Manda para este acampamento tudo que for possível.

Dhutmose descansa o seu pincel de junco, que ele prefere ao de bambu. Enrola o papiro e amarra com um cordão de linho. Levanta-se com muita dificuldade. Vai até a porta da tenda para chamar Wenamun, o emissário. Ele terá de percorrer um caminho nas montanhas para chegar até o Nilo e tomará um barco que o conduzirá para Tebas. O encontro com o seu filho será em Deir el Medina, onde ele exerce funções de governo, em substituição a Dhutmose.

II. BUTEHAMUN

Assim como Amon vive, se eu um dia desertar da filha de Telmont, serei sujeito a uma centena de chicotados e perderei tudo o que adquiri juntamente com ela.

Contrato de casamento Nekhmmut, XIX Dinastia Ano 22 de Ramsés II

Butehamun, de forma muito delicada, acariciando sua longa cabeleira negra, acordou a mulher que dormia ao seu lado. Seu corpo sinuoso sempre o deixava muito excitado. Estavam juntos há dez anos e ela continuava carinhosa e atenta. Imaginou, a seguir, a cena em que viu o pai sofrendo as saudades da nova esposa e dos filhos pequeninhos. Admirava muito Dhutmose como escriba, desejava tudo de bom para seu pai, e saber que ele corria risco de vida deixava-o triste e preocupado.

Sua tarefa principal, no dia, era liderar uma comissão para restaurar a múmia da mulher de Ramsés III, que fora vandalizada pelos ladrões que vagavam no deserto oriental à procura de algo para roubar.

O cheiro no local do embalsamento era nauseante, misturado com a carne apodrecida dos mortos e do forte natrão, que traziam da Núbia, necessário para a conservação dos corpos.

Não lhe agradava também a convivência com os embalsamadores de profissão que, além do horrível odor que exalavam, eram considerados maus elementos pela sua sabida falta de respeito e educação mínimas com os defuntos. Era do conhecimento de todos que eles abusavam dos cadáveres femininos assim que seus corpos chegavam para mumificação.

Butehamun precisava também investigar, naquele dia, o serviço dos *medjais*, os guardas das tumbas, nomeados e pagos pelo Vizir, que foram incapazes de proteger a múmia da mulher do grande Faraó. Vozes bradavam em Tebas e seus ecos podiam ser imaginados em Deir el Medina. As pessoas pediam por proteção dos bandidos. Butehamun, como o pai, temia pelas aclamações, que, de fato, eram de se esperar de todos que gritavam de horror. Nunca se vivera em tempos assim.

A morta profanada era a décima terceira esposa do rei e levava o mesmo nome da primeira: Nefertari. Mas a tumba dessa, magnífica, fora lacrada e o corpo da rainha enterrado em um sarcófago de pedra. Havia muitos sacerdotes que cuidavam desta tumba e levavam alimentos diariamente para o Bá, uma espécie de alma da rainha.

O Egito era a terra do Faraó, com tudo o que havia. Qualquer lesão era vista como um crime muito grave porque, no contexto divino do deus Rá, eram consideradas ofensas contra o próprio deus. Por isso, geravam uma ação reativa da parte lesada.

Os crimes mais graves de roubo incluíam a pilhagem de túmulos reais e a apropriação indébita de propriedades. Como uma ofensa capital, o assalto à tumba costumava levar à pena de morte.

A mesma punição poderia ser aplicada para casos envolvendo bens pertencentes ao Estado e a instituições do templo, embora os culpados por crimes de natureza menos séria pudessem ser apenas mutilados ou enviados para campos de trabalhos forçados em locais remotos, como nas minas de ouro da Núbia. Apesar da imposição de tais penalidades aos criminosos, os membros da comunidade da aldeia ainda estavam dispostos a arriscar tudo na atividade ilegal.

Muito lentamente, enquanto mastigava o pão e bebia a cerveja que a mulher fizera na véspera, Butehamun desatou, quando o emissário lhe entregou a carta, o nó apertado feito pelo pai, exclamando:

– Nada de boas notícias vem daquela fronteira com a Núbia!

No entanto um alarido na rua fez com que o escriba largasse o pão e corresse para ver o que sucedia. Mal colocou o pé para fora da porta e viu seu pai deitado em uma maca, feita de couro de boi finamente trançado. Ele estava imóvel, banhado em suor. A mão que repousava ao lado do corpo, vestido com uma túnica branca empoeirada, estava rígida e branca, mas quente, o que o deixou aliviado. Os seis servos que se revezaram durante a noite, em uma jornada de doze horas, carregando o escriba, se jogaram no chão, ao lado da maca, exaustos. O mais jovem deles, aprendiz dos escribas, o favorito de Dhutmose, chamado Ankhemeri, chorava copiosamente.

Butehamun os acalmou com voz terna, de líder, que aprendera com o pai. A serva da casa correu para dentro, levou pão e água e distribuiu entre todos. Eles comeram e beberam com sofreguidão.

Ankhemeri ajoelhou-se ao lado de Butehamun e disse:

– Depois de ler novamente a missiva dos homens do deserto, seu pai desfaleceu. Chamamos os homens bons do acampamento e todos decidiram que nós devíamos trazê-lo para Deir el Medina, onde ele teria cuidados médicos, veria a esposa e os filhos.

Butehamun concordou; *seneb*, a saúde, era o mais importante. Os oficiais do acampamento saberiam defender a guarnição.

Chamou novos servos para levar o pai até o templo, onde o sacerdote *sunu* poderia examinar o velho militar. A natureza da doença que acometeu o escriba seria determinante para a sua vida. Os médicos mais competentes eram os sacerdotes de Sekhmet.

No templo, Butehamun atirou-se aos pés do *sunu*, que o abençoou, e falou calmamente:

– Meu pai estava com a guarnição na fronteira da Núbia, quando, na hora do almoço, lhe chegou uma missiva, vinda do deserto, sem destinatário, nem emissário. Ele imediatamente escreveu-me uma carta, cheia de temores. Regressou junto com ela, hoje, pela manhã, pois foi trazido, desfalecido. Ainda tem os olhos fechados.

O *sunu* fez com que seus servos levassem o velho escriba e tirassem suas vestes. Butehamun retirou-se e se acomodou fora do templo em uma espécie de jardim com várias bacias cheias de terra preta, plantadas com ervas cheirosas, que lhe deram imediato bem-estar.

Ao cabo de algumas horas, o *sunu* o chamou. Butehamun estava nervoso. Havia três formas de o sacerdote recebê-lo. Ele lhe diria:

– *Esta é uma doença que vou tratar.*
– *Esta é uma doença que tentarei tratar.*
– *Esta é uma doença que eu não posso tratar.*

Butehamun entrou no templo, ansioso pelo diagnóstico, e encontrou o *sunu* rodeado por jovens servas que portavam jarras com água, cerveja e vinho. Sobre uma mesa havia pão e rodelas de cebolas. Uma serva tocava uma harpa cujo som tornava o ambiente ainda mais sereno.

Havia velas em alguns cantos da pequena sala, cheiro de incenso de jasmim e uma abertura no teto, em local estratégico, que permitia à luz do meio-dia iluminar a cabeça branca do seu pai. Ele ainda estava deitado em uma maca, mais bela que a anterior, porque na alça em que os servos seguravam havia pequenas cabeças da deusa leoa, Sekhmet, esculpidas na madeira. A sua repousava sobre um descanso de cabeça, adornado com marfim. Embora com os olhos fechados, a fisionomia serena diferia muito daquela com a qual ele tinha entrado no Templo.

Butehamun deu um longo suspiro de alívio. O *sunu* sorriu complacente com a alegria do filho e falou, em um tom bem baixo, como o da música:

– Seu pai dormiu muito bem! *Esta é uma doença que eu posso tratar.* Todo o mal se foi com as rezas, poções, fluidos, cantos e música. Seu pai sofria de tristeza e de solidão. Os deuses chamados vieram e lhe deram o necessário para viver. Pode levá-lo para a casa de sua mulher. Ele abraçará os filhos e não deve voltar tão cedo às fronteiras da Núbia.

O *sunu* ofereceu pão e vinho ao escriba Butehamun:

– Deves comer e beber. O momento é de alegria. É só disso que vocês precisam. E mais: teu pai pedirá que escrevas uma carta. Deves obedecer imediatamente.

Amanhã, quando Amon-Rá, o deus sol nascer, você deve ir ao Templo de Sekhmet, a deusa leoa, e levar doações em frutas, carnes, pães e bebidas aos seus sacerdotes, para agradecer os favores. Ela lutou muito pelo seu pai contra as forças do mal. Traga Dhutmose para o Templo, novamente, na lua nova.

Agora, coma e beba à vontade. Quando desejar ir embora, chame os servos para que eles carreguem teu pai e as poções de ervas que ele deve tomar diariamente.

O sacerdote levantou-se, fez uma saudação e uma genuflexão para Butehamun, e saiu silenciosamente, com os pés descalços, da pequena sala.

As servas e a música continuaram ali. Butehamun banqueteou-se. O *irp*, vinho, era uma bebida muito rara e prestigiosa no Egito, por vezes utilizada com fins medicinais. Desde tempos muito antigos, era levado principalmente da Síria. O vinho que o *sunu* servira na pequena jarra era de lá. A ânfora que o continha apresentava um bocal largo e uma única alça longa, característica da região do deserto ocidental. Profissionais preparados, como ele, aprendiam tudo sobre vinho na escola dos escribas. Também tomavam, às vezes, um pouquinho. Ele riu-se pensando nas ocasiões.

O interesse de Butehamun pelo vinho era tal que ele, apesar de muito cansado, ergueu-se e foi ler o selo que continha as referências sobre a origem daquele, escritas com hieróglifos perfeitos. De fato, a bebida provinha das adegas da região do Sinai. A ânfora continha um vinho escuro novo, cujo selo informava: *vinho muito bom para oferendas*.

Butehamun lembrou-se que, quando o vinho passou a ser cultivado no Egito, a partir do Novo Império, até o nome do encarregado do cultivo das uvas aparecia em destaque, um item fundamental para atestar sua qualidade. Isto era dispensado quando exportado. O cultivo do vinho restringia-se aos escalões mais altos da sociedade egípcia, pois o seu custo era de cinco a dez vezes maior que o da cerveja. Butehamun sentiu-se honrado com tal bebida.

Sentado, mais uma vez, Butehamun sorvia o delicioso líquido e pensava que certamente o *sunu* abrira a ânfora para dar de beber ao seu pai e, como cortesia, ofereceu o restante para ele. Lembrava, como aprendera na *Per Ankh*, Escola da Vida, que o vinho era um líquido que podia ser utilizado *per se* ou como veículo para a ingestão de outros ingredientes. Sua borra também, por vezes, era utilizada com as mesmas finalidades. Acreditava-se que, junto com o *olíbano*, uma espécie de incenso, e com mel, o vinho curava verminoses; com *endro*, planta aromática, amainava a dor; e com sal curava a tosse. Nestes casos, o efeito devia-se também aos ingredientes adicionais. O seu querido Mestre Thot Ankh ainda lhe ensinara outras propriedades para o vinho: estimulador de apetite, remédio contra asma, regulador de urina, atenuante de febres e antisséptico para o nariz.

Butehamun lembrou-se da festa da união de seu pai com a segunda esposa quando, após viverem um ano juntos, ela lhe deu o primeiro filho. Este era o fato mais importante para selar um casamento. Se ela não engravidasse, Dhutmose poderia devolvê-la ao pai. O sogro, um rico proprietário de terras ganhas do Faraó, pelas suas conquistas militares, tinha muitas filhas e estava feliz por dar a mais velha para uma pessoa da importância do seu pai. Ele tinha oferecido um grande dote e uma festa suntuosa, com muitas comidas boas e servido vinhos preciosos em cálice de vidro opaco ou de alabastro, decoradas com extremo bom-gosto.

Depois do terceiro copo de vinho, Butehamun voltou a lembrar seu mestre, que repetia frequentemente as palavras de admoestação:

Ah, se tu quisesses compreender
Que o vinho é uma abominação
Tu maldirias o vinho doce
Tu não pensarias na cerveja
E esquecerias o vinho do estrangeiro

Neste momento, levantou-se já meio entontecido, fez uma genuflexão para as jovens, como sinal de agradecimento. Com certa dificuldade, bateu palmas e chamou os servos.

O pai ainda tinha os olhos fechados. Entretanto, assim que saíram do Templo para o jardim, ele os abriu, arregalando-os ao máximo que podia:

– Filho, preciso mandar uma carta urgente para sua mãe!

Foi a vez de Butehamun se espantar e fraquejar. Com veemência, indagou:

– Por que, pai? A mãe está morta há cinco anos!

III. A CARTA

Não há profissão sem chefe, exceto a do escriba. Ele é sempre tratado com dignidade por onde quer que vá.
Dua-Khety

Butehamun sentia-se feliz e carinhoso com o pai novamente saudável, irascível e autoritário. Sentou-se na posição clássica de escriba, no chão de pedras do Jardim do Templo de Sekhmet, a deusa leoa. E munido do pincel de junco e de uma *ostraka*, pedaço de pedra calcária, que os escribas usam para fazer rascunhos, a fim de poupar os papiros que são muito caros, enquanto os cacos de pedras estão disponíveis, disse, com um sorriso nos lábios:
– Fala *itef*, meu pai.
Dhutmose não se fez de rogado e começou a ditar:

Para o competente espírito Ankhiri:
O que eu fiz para te deixar com esta má vontade para comigo?

O que eu fiz contra ti? Desde a época em que eu vivia contigo como marido, até hoje, o que eu fiz contra ti que tenha que esconder? O que eu fiz contra ti? Pelo que tu fizeste esta é a razão de meu lamento contra ti, porém que fiz eu contra ti? Vou discutir pessoalmente na presença da Eneáde do Oeste e será decidido entre mim e ti, através desta carta, porque escrevi sobre uma querela contigo.

Butehamun parou de escrever. Os pensamentos borbulhavam na sua cabeça. Ficou imaginando se o pai não estaria confundindo a sua mãe com outra pessoa. Ele lembrava da *mwt* muito discreta, no controle total da casa, das comidas e dele, a criança amada dela, o primogênito, que seria a *bengala do pai*, responsável pela sua subsistência na velhice. Ela era uma perfeita *nebet per*, senhora da casa. Por este motivo, essas eram suas funções. Butehamun era conhecido como *sa*, o filho de Ankhiri, e isto lhe dava a sua identidade no mundo. Bastava para ele. Por outro lado, se o *itef* endereçara a carta para *hemet*, a esposa, como a um competente espírito, isso significava que ele a admirava pela qualidade da inteligência também.

Como escriba, o pai jurou pela Maat, a deusa da justiça, que jamais escreveria uma inverdade.

A *mwt*, sua mãe, era pouco assídua aos Templos dos deuses Osíris e Ísis, criadores do mundo egípcio, conforme a crença de Heliópolis e protagonistas da história dos nove deuses, a que o pai se referia. Afinal, a mãe jamais frequentou a Escola dos Escribas, onde se ensinava o culto oficial do Egito. Apenas levou Butehamun, muitas vezes, para visitar o Templo de Meretzeguer, a deusa serpente, uma das mais populares e principal protetora dos operários de Deir el Medina. Lá, a mãe era conhecida da família dos sacerdotes, para quem levava doações em comidas e em roupas para as crianças. Butehamun temia aquela deusa em forma de serpente que adornava o Templo com esculturas e desenhos nas paredes. Esgueirava-se quando entravam, esperando que a deusa não se apercebesse de sua presença.

Mas o *itef* estava obstinado em terminar a carta.

– O que houve, filho... por que parou?

Butehamun disse humildemente:

– Segue, pai.

O escriba leitor, categoria mais alta dos escribas do Egito, continuou:

O que eu fiz contra ti? Eu te tomei como esposa quando era jovem tanto que estava contigo enquanto eu me desempenhava bem em qualquer tarefa. Eu não me divorciei de ti e não te dei motivos para te envergonhar. E quando qualquer visitante chegava a mim em tua presença não os recebia em consideração a ti, dizendo: eu farei de acordo com o teu desejo?

Neste momento, Butehamun parou novamente de escrever. Será que o pai estava mesmo recuperado do seu mal-estar? Ele deixou frases incompletas, e esta última sem sentido para mim. Bom, pensou e se conformou: talvez seja um assunto que, entre os dois, fique esclarecido.

Tomou do junco e continuou escrevendo o que comandava o *itef*:

Olha, tu não estás deixando minha mente descansar. Eu vou discutir contigo e o certo será distinguido do errado.

Quando eu instruía os oficiais para a infantaria e as carruagens do Faraó, eu os trazia e os fazia reverenciar-te, trazendo todo o tipo de coisas finas para colocar na tua frente.

Butehamun sorriu, porque lembrou de Ankhiri dançando, feliz, no terraço do telhado, onde ficavam durante as tardes quentes, com uma túnica de seda, que Dhutmose trouxera da Síria. A túnica era bordada com fios de ouro, muito diferente daquelas que a mãe tecia com os fios de linho egípcios. Ele achou a mãe muito linda com aquela roupa, e seus olhos se encheram de lágrimas com a lembrança.
Mas o *itef* queria desabafar e continuou:

Eu não te escondi nada durante toda a vida. Eu não te causei, nem te deixei sofrer qualquer tipo de desconforto no que eu fiz com os modos de cavalheiro. E nem tu me viste trapaceando com modos de camponês, entrando em casa estranha. Eu nunca deixei que um censor achasse qualquer falha naquilo que eu fiz contigo.

Havia um termo que Butehamun aprendeu na juventude: *khenemet*, empregado para designar uma *moça da alegria*, muitas vezes oriunda da Babilônia, mas desconhecia que seu *itef* tivesse se encontrado com alguma ou frequentasse uma *casa da cerveja*, onde elas viviam.

Quando fui designado para o posto em que estou agora, me tornei incapaz de sair, como era o meu hábito. Tive que fazer aquilo que o outro que está na minha situação faz quando está em casa, no que tange a seu óleo, seu pão e suas roupas e eles seriam levados até a tua presença. Eu não os dirigi para outro lugar, mas disse: a mulher ainda está comigo. Assim eu disse e não trapaceei.

Butehamun lembrava bem da época em que o *itef* ficou fora de casa, vivendo na Corte transitória do Faraó, em Mênfis. Havia uma necessidade de mudar alguns estilos de documentos e seu pai, como um escriba competente, foi chamado. Passaram-se muitos meses e, enquanto isso, sua mãe chorava diariamente.

Em compensação, ele foi nomeado para o alto posto de escriba leitor em Deir el Medina e tudo corria novamente bem até iniciar o conflito na Núbia.

Ditou o *itef*, já meio sonolento:

Agora vê, tu estás menosprezando o quão bem te tratei. Estou te escrevendo para deixar-te consciente do que tu estás fazendo. Quando tu contraíste a doença que te acometeu, eu procurei um sunu, e o médico sacerdote te tratou e fez o que tu lhe pediste.

Foi um tempo difícil naquela casa. Quase tudo parou. Ankhiri passou muito mal, pensou Butehamun, mas logo voltou a escrever.

Quando eu fui acompanhar o Faraó em sua jornada para o sul, esta condição te derrubou e eu passei estes últimos três anos sem entrar em outra casa, muito embora isto não seja próprio para alguém que esteja na mesma situação. Eu fiz isto em consideração a ti. Olha, tu não diferencias o bem do mal. Alguém vai julgar entre nós dois. Quanto àquelas irmãs do lar, eu não penetrei dentro de nenhuma delas.

As ordens de Dhutmose ao seu filho foram bem pontuais quanto ao encaminhamento da carta para sua mãe. Ele devia passar a limpo o texto, em um papiro novo, e colocá-lo na tumba da Ankhiri, junto a uma estátua de madeira que a representava, na necrópole de Deir el Medina. Um encaminhamento extra devia ser escrito no suporte da estátua:

Foi sem descontentamento na tua parte contra mim que tu foste trazida para a cidade da Eternidade.

Dhutmose fechou os olhos, recostou-se exausto no *descansa-cabeça* e sussurrou para o filho que pediria, posteriormente, aos deuses para impedir Ankhiri de lhe mandar mais doenças. O principal, queria mesmo se acertar com sua primeira mulher.

Butehamun aquiesceu, ordenou aos servos que levantassem a maca e a dupla partiu, mas não sem antes agradecer às graças recebidas no Templo de Sekhmet.

A moradia do *itef* era seleta, ficava nas proximidades do grande Templo de Ramsés II e afastada do grupo de casas dos artesões, onde Butehamun morava e cujo padrão eram casas geminadas de 5 por 10 côvados, sem pátio ou jardim, as ruas eram tortuosas e atravancadas.

O prédio em que morava Dhutmose era de um andar apenas, como a maioria da vila, porém o seu entorno era de um mundo verde particular. Havia um muro alto, de tijolos, que rodeava a casa por todos os lados. E palmeiras e outros tipos de árvores, algumas floridas, como um jardim. Nos fundos da casa, havia ainda uma horta, que um jardineiro, pago pela administração da Vila, cuidava diariamente, porque no clima desértico as aguadas diárias eram fundamentais para a sobrevivência das hortaliças.

O alarido das crianças era alto e se ouvia através do muro, quando o grupo chegou no portão. Dhutmose abriu os olhos. Chegamos? Perguntou ansioso.

Butehamun entrou para guiar os servos e, depois, para amparar o pai. Também estava curioso para conhecer a casa do *itef*. A *hemet*, sua esposa, os recebeu. Estava muito bem-vestida. Usava uma bata de seda da Síria, branca, como as de sua mãe, mas, em lugar de ouro, ela era bordada com uma linha de cor azul, como os seus olhos, que denunciavam a origem líbia.

A chegada dos dois filhos, que correram para receber o *itef*, tirou a calma do lugar. Dhutmose alterou-se, quis levantar a cabeça, e, ao tentar falar alto, tossiu muito. Butehamun chamou os servos para fazerem com que o escriba se sentasse confortável no chão, apoiado por diversas almofadas que estavam esperando por ele.

A esposa, sem saber o que fazer para agradar, girava em torno dela mesma, com muita graça. Afinal, avaliou Butehamun, ela era uma *smyt*, uma cantora de Amon, quando conheceu o seu *itef*.

Até que um cheiro delicioso chegou da cozinha. Quando, então, ela falou com uma voz clara e límpida:

– Tenho uma surpresa para te deliciares, meu *meryt*, meu amor. Vais adorar!

Butehamun beijou o pai, que lhe fez um aceno de adeus.

Rumou para sua casa, sem saber como seria recebido. Saiu, mas com a grande curiosidade de saber o que *Itef* comeria...

IV. BUTEHAMUN E A VIDA DE ESCRIBA

Tenho visto muitas surras
Põe teu coração nos livros!
Eu observei aqueles apanhados para o trabalho.
Nada há de melhor que livros!
É como um barco na água.
Sátira das profissões (Dua-Khety, o autor)

Butehamun gostou de escrever a carta para a mãe morta. Durante a narrativa, a vida passou-lhe pela cabeça e ele recordou do carinho e atenção que dela recebeu. Vieram do passado também as aulas da Escola da Vida. Ele lembrou dos versos de Ptahotep que o seu mestre o fez memorizar:

Retribui em dobro a comida que tua mãe te deu,
Sustente-a como ela te sustentou;
Ela teve em ti um fardo pesado, mas não te abandonou;
Quando alguns meses depois de tu teres nascido
Ela ainda te levava como sua canga

Seus seios em tua boca por três anos
Como tu crescias, teu excremento ficava nojento
Mas ela não se enojava, dizendo:
O que podemos fazer? Quando ela te mandou à escola
E tu foste ensinado a ler e a escrever
Ela ficou te vigiando diariamente
Com pão e cerveja na sua casa
Quando tu como um jovem tomares uma mulher
E tu te estabeleceres na tua casa
Presta atenção no teu produto
Faça-o crescer como fez tua mãe
Não lhe dê motivo para amaldiçoá-lo
Para que ela não tenha que levantar sua mão para Deus
E Ele tenha que a ouvir chorar

Dua-Khety advertia sobre os problemas de quinze ofícios, que iam do oleiro, bastante cruel, porque obriga a remexer na lama como um porco, ao do pescador, o mais sofrido, porque têm os crocodilos como companheiros de labuta.

Em contrapartida, Dua-Khety elogiava as condições de trabalho e referia as recompensas recebidas por aqueles que sabem ler e escrever.

Foi uma tarde maravilhosa com seu pai, apesar dos receios de doença. Exceto um fato: ele saiu curioso e com água na boca pelo cheiro que vinha da cozinha, mas descobrirá o que foi.

Agora, era refletir sobre tudo o que tinha de fazer. Atualmente, ele pensava diferente sobre sua profissão, que exigia muito trabalho.

No caminho da casa, evitando os pedregulhos, Butehamun foi segurado por um jovem servo do pai. Que foi?

Perguntou ansioso. O jovem respondeu, alcançando-lhe um embrulho com um bilhete:

– Shenendua, a mulher do seu pai, mandou-lhe.

Ele abriu: *Ao nosso amado filho para agradecer.*

O cheiro era maravilhoso, e Butehamun entrou correndo na sua casa, para receber o abraço da ansiosa mulher. Ele gritava, feliz:

– O pai está bem. Mandou para nós comemorarmos!

Sua mulher conhecia a receita, que recitou, meio enciumada:

É uma torta de tâmaras com mel. Leva apenas: polpa de tâmaras, mel, gordura de boi. Mistura-se a polpa de tâmaras com água e bate-se bem até obter uma massa líquida. Coloca-se numa frigideira, leva-se ao fogo para esquentar e mistura-se, dando-lhe a forma de uma torta. Cozinha-se no forno, depois.

De fato, era uma receita antiga de Deir el Medina. Sua mãe fez algumas vezes, lembrava agora; era o cheiro familiar de infância que o seduzira na casa do *itef*.

Butehamun levantou-se, lavou na bacia, ao lado da cozinha, suas mãos e o rosto. Fez carinho na mulher e saiu apressado para o *Knebet*, o tribunal da vila. Havia dois processos a julgar. O da profanação da tumba de Nefertari e o da velha senhora, cujo filho reclamava de seu testamento.

A comunidade de Deir el Medina possuía a sua própria Corte de Justiça, conhecida pelo nome de *Knebet*, com a incumbência de resolver as diferenças entre os seus membros. O tribunal era composto por funcionários, contramestres, escribas e trabalhadores comuns que podiam ser chamados a cooperar por questão de antiguidade ou pelo respeito que inspiravam. Eram os homens bons. As sessões se desenvolviam nos dias de repouso dos trabalhadores ou, em certos casos, à noite. A Corte estava habilitada a decidir sobre controvérsias civis e a se pronunciar sobre as criminais. Os casos mais graves, nesta instância, como injúrias capitais, eram levados à Corte do Vizir, em Tebas, para a última palavra. A Corte tinha ainda a função notarial de registro das divisões de propriedades.

O *Knebet* ficava em um prédio com muitas janelas e era bem maior do que as habitações comuns. No chão, sem almofadas, já sentados, cerca de uma vintena de homens da vila. Butehamun sentou-se entre eles, para, como principal da Vila, dar sua palavra. Era um caso fácil. Ele, com consenso de todos, logo enviou pelos oficiais da guarda a sentença para a execução dos culpados junto ao Vizir, em Tebas.

O caso seguinte era, além de inusitado, também polêmico. O primeiro, deste tipo, no reino de Ramsés III.

Saíram todos os homens bons da seção anterior. Na sala, já vazia, entrou uma velha senhora, com passos lentos, vestida com roupas de seda, bordada com fios prateados, como os seus cabelos. Logo, se fez no chão uma poltrona com grandes almofadas de tecido de linho da Síria, que seus servos levaram. Ela se recostou confortavelmente, ajudada por uma jovem serva que ficou ao seu lado, com um jarro de água e um pote para servi-la.

A seguir entraram os quatorze seletos homens bons que participariam do julgamento. Era uma Corte pequena devido ao caráter particular do assunto.

A cerimônia foi iniciada, diferentemente da anterior, de maneira bem formal. Um alto funcionário da Corte levantou-se e leu pausada e claramente:

— Esta vontade de Naunakhete inicia-se com a data de sua redação: Ano 3, quarto mês da Estação da Inundação, de Sua Majestade, o Rei do Alto e Baixo Egito, o Senhor das Duas Terras, Ramsés III, a quem se deseja vida eterna: *Eu sou uma mulher livre da terra do Faraó. Criei oito servos seus, dei-lhes vestimentas e toda sorte de coisas que são normalmente feitas para pessoas de sua posição social. Mas eu envelheci, e olhe, eles não estão cuidando de mim na minha vez. Quem deles tenha me ajudado, a ele eu darei meus bens, mas quem não tem me dado nada, para ele eu não darei meus bens.*

Butehamun foi o único a surpreender-se com esta fala. Claro estava que os jurados, todos, conheciam a causa, menos ele. Ficou ligeiramente irritado. Esta era uma formalidade que ele lutaria por impor: a divulgação para ele de tudo que seria tratado em qualquer seção do *Knebet*, em que ele fosse necessário.

O funcionário, que falava pela viúva, continuou no andamento da seção: a cidadã, a quem represento, chama-se Naunakhete. Ela reside nesta Vila de Deir el Medina. A seguir, citou nominalmente todos os membros da Corte, discriminando as respectivas atividades que exercem. O mais representativo era Ramose, funcionário do Distrito de Tebas. Depois, prosseguiu: ela quer aprovação para a divisão de suas propriedades apenas aos filhos que a estão apoiando e auxiliando no seu processo de envelhecimento.

Este fato, que surpreendeu Butehamun, deixou-o também mais irritado e inquieto. Ele sequer podia prever o fim daquela situação completamente excepcional.

Sem dúvidas, ele conhecia aquela senhora, mas apenas das festas de *Opet*, quando toda a cidade comemorou o jubileu do Faraó Ramsés III, nos seus vinte e cinco anos de Governo. A família do pai tinha um lugar de honra, de onde ele lembrava esta senhora. Mas jamais a imaginaria como a mulher petulante que ela parecia ser, naquele momento.

A seguir, o oficial, Nekhmmut, faz a leitura monótona da divisão de bens que Naunakhete determinara:

1. Ela indica para herdeiros três filhos homens, nomeados como trabalhadores, simplesmente. A um deles ela diz que dará um prêmio especial: uma tigela de bronze. Ela também aponta uma filha, a quem dará alguns pertences.

2. Ela indica a cidadã Manekhte para receber sua parte em todas as suas propriedades, exceto a porção de cereais e de banha que os três filhos homens e a cidadã Wosnakhte tinham lhe dado.

3. Ela elabora uma nova lista em que constam os nomes dos quatro filhos restantes.

4. Ela nomeia um trabalhador e três cidadãs que não participarão da divisão de 1/3 de seus bens pessoais e, apenas, dos 2/3 do pai deles.

Butehamun baixou a cabeça e sacudiu-a um pouco para desembaraçar as ideias. Nunca, até então, houve esta *liberdade de escolha* de Naunakhete. Como isso era possível?

O evento terminou com o testamento aprovado e com Butehamun, o escriba da Vila, sentado e abatido. Ele correu para casa. Precisava do apoio da sua mulher. Ficara longe dela bastante tempo.

O jantar estava sensacional: codornas assadas. Ele até sabia fazer e era simples: cortava-se as aves de cima para baixo pelas costas e as macerava com sumo de cebolas, pimenta, sal e azeite. Deviam ser assadas em fogão de lenha, por isso o cheiro magnífico que corria pela casa.

Fui humilhado na Corte, reclamou para a mulher, ao se deitarem juntos, contando, em detalhes, tudo que se passou. Nada disso, falou ela, com sua querida voz, meiga. A gente tem se falado pouco. Agora, eu vou te explicar tudo. Eu sou muito amiga de uma das filhas de Naunakhete, Manekhete, da minha idade, solteira, que mora com a mãe. Vou contar toda a história para ti.

Deves lembrar que Naunakhete foi casada com o grande Escriba da Tumba, Amenekhahet. Oh, sim, lembrou-se agora ele da bela mulher do Escriba da Tumba, que antecedeu ao seu pai, que ele conhecera na Festa *Opet*. E, como ele era criança, ficou deslumbrado com suas roupas brilhantes da Síria e sua dança graciosa de encerramento. Pois, então, ele morreu subitamente e Naunakhete ficou viúva e sem filhos. Esta situação é terrível para uma jovem, como ela era, os parentes logo procuraram outro marido. Acharam um Khaemun, um operário, que era simples, honesto, trabalhador, que se casou com ela e deu oito filhos para Naunakhete.

Agora, neste julgamento, os filhos bons que ajudaram Naunakhete participaram das divisões e exclusões. Tudo porque acharam corretos os desejos de justiça da mãe. Eles estavam indignados com o mau caráter de alguns de seus irmãos e o tratamento com a velhice daquela mãe maravilhosa que todos tiveram, sussurrou a esposa para Butehamun.

De fato, pensou o jovem escriba, se os casais decidiam formar um pecúlio comum, o marido contribuía com dois terços e a mulher com um terço. O surpreendente da questão foi como Khaemun, o segundo marido, aparentemente um homem pobre, tenha conseguido os dois terços necessários para a união com Naunakhete. Mas isso, agora, são águas passadas. Embora persistam alguns boatos de que a viúva, ou alguém da sua família, dera a ele a soma. Como resultado, na repartição final, Khaemun não ganhou nada. Daí que, de fato, os filhos dele também nada deveriam receber, exceto por vontade de Naunakhete.

– Houve um filho que protestou, falou Butehamun.

– Sim, eu sei. É Neferhotep; mas veja bem, ele é ignorante, porque nada entendeu sobre o acordo matrimonial dos pais.

– Sim, mas eu não sou ignorante e também não entendi.

– Finalmente, disse ela, bocejando, nada poderia ser falado antes, para ninguém, para evitar que algum escriba, mandado, perturbasse o resultado do processo.

Butehamun virou para o lado, acomodando-se para dormir, porém, furioso, vociferou:

– E EU? NÃO SOU NINGUÉM?! Eu sou o Escriba da Vila de Deir el Medina! Ao amanhecer, irei a Tebas contar esta história para o Vizir!

– Não vá fazer o Vizir mexer com o veredito. A família está satisfeita e nós, as mulheres da Vila, estamos felizes com a vitória de Naunakhete! Seu nome, que significa: *Tebas está vitoriosa*, vai correr o Nilo de cima a baixo!

E prosseguiu a mulher, engrossando a voz, quase gritando:

– Eu estou do lado delas!

V. REUNIÃO COM VIZIR

... eles permanecem em silêncio sobre a distribuição de responsabilidades entre o Vizir provincial e o Vizir Menfita.

V Dinastia

Butehamun aprendeu na *Per Ankh*, Casa da Vida, que a figura do Faraó é inseparável do Estado. Da sua criação até sua fusão em vastos impérios, como ocorre no tempo em que ele vive, quando o Egito é a maior potência conhecida.

Nenhum monarca retém tanto poder e tem tamanha influência em qualquer lugar, repetia o seu *itef*. A noção e o prestígio do Faraó resistem a ponto de tentar os mais poderosos povos contemporâneos. Face a isto, foram criados um exército e policiais permanentes para proteger o Egito e seu povo. Daí também a criação da ideologia faraônica, repetida em textos que eles estudam na *Per Ankh*: o Faraó é um deus vivo!

Quando Butehamun entrou na pirâmide de Unas, na infância, na qual poucos tinham acesso, levado pelo seu *itef*, viu, deslumbrado, todas as paredes desenhadas. E seu pai lhe explicou que se tratava do primeiro *Livros dos Mortos*, a primeira versão da religião egípcia. Ali estavam copiados desde a época da construção da pirâmide de Unas, no final da V Dinastia. Ele estudou uma cópia do texto em um papiro na *Per Ankh*. Na ocasião, com sua grande sabedoria, seu mestre, Thot Ankh, explicou-lhe os significados daqueles desenhos uniformes e muito bonitos, conhecidos como hieróglifos, palavras sagradas, que ele também aprendera, sofridamente, a ler e a escrever na *Per Ankh*.

O povo passa o seu tempo nas lides da agricultura. O Nilo, o maior rio do mundo, é o grande aliado do trabalhador porque carrega com suas enchentes anuais, vindas da região da Núbia, a *kemet*, terra preta, que fertiliza e umedece o solo do Egito, a ponto de deixá-lo fácil de lavrar com os ancinhos de madeira feitos por eles mesmos. Mas, certamente, nada brota sozinho do solo. São os camponeses que produzem a riqueza agrícola, no trabalho de todo dia, nos cinco hectares que lhes cabe de terra. Dez por cento da produção vai para as reservas do Faraó, como impostos. Muitos camponeses levam chibatadas quando não conseguem o montante desejado pelos fiscais. Três vezes por ano, eles visitam as terras: no período do cultivo, do crescimento e da colheita. Butehamun, quando jovem, no seu aprendizado de escriba, assistiu a muitas surras e várias vezes chorou de pena e de raiva.

A partir do olhar curioso que deitou sobre aquelas paredes, Butehamun formou o seu entendimento sobre a história da criação do Egito pelos seus deuses. Compreendeu que eles saíram da cidade do sol, Iunu, onde ele regulava a natureza. Ao grande deus, eles deviam a luz e o calor, ou seja, a vida. As plantas cresciam, os animais se reproduziam pela presença divina do sol. Os homens foram criados das lágrimas do sol.

Talhados na pedra foram surgindo, agora, nesta visita pessoal à pirâmide e por meio da fala do *itef*, do caos, do lodaçal profundo, onde tudo começou, os casais primordiais: Shu e Tefnut, o ar e a umidade; Nut e Geb, o céu e a terra. Depois vieram os filhos destes últimos: Osíris, Ísis, Néftis e Seth. A grande crise veio da inveja e dos ciúmes de Seth que, por tais razões, matou o seu irmão, Osíris.

Butehamun gosta profundamente da narrativa sobre Heliópolis. Tem uma admiração muito grande pela deusa Ísis, uma mulher capaz de gerar um filho do marido morto, Osíris, cuja vida foi tirada pelo ambicioso irmão.

Importava, sobretudo, para Butehamun lembrar a narrativa de seu mestre, Thot Ankh, apresentada na sala de aula e que ele tinha rabiscado nas *ostracas*. Depois, com capricho, em casa, a transcreveu em papiro novo e a colou no estreito corredor, entre seu quarto e a sala, iluminado pela luz do sol. Diariamente ele o lê, na casa por ele construída para o casamento.

Para o desdobramento da sua visão sobre o seu povo, ele entende que Osíris é a inteligência e a razão, que são guias e soberanas de todas as coisas excelentes. Na terra, nos ventos e nas águas. Seth é considerado patético, tirânico, irracional e impulsivo.

Finalmente, entende como justo que o filho de Ísis e Osíris, Hórus, conquistasse o trono e fosse coroado rei do

Egito; seu pai, Osíris, ocupará a função de governante do mundo do além, conforme registro no *Livro dos Mortos*...

Enquanto Butehamun perde-se no seu passado de aprendizagem histórica, o barqueiro aproxima-se da margem do rio, onde ele descerá à cidade de Tebas para a entrevista marcada com o Vizir. Sem que faça esforço, a história da mitologia desenrola-se na sua cabeça.

Toda a criação do Egito, que é atribuída aos deuses, chegou-lhe por estudos profundos, que mostraram a importância dos cidadãos, como ele, para que seja sempre aquele Estado de paz, de regência, de autoridade e de harmonia. Por tal razão, ele, agora, dirige-se para contar ao Vizir os últimos acontecimentos no *knebet* de Deir el Medina, orgulhoso com sua posição na vila, durante a recuperação da saúde do seu pai.

É com certo receio que ele se dirige para a imensa construção a oeste de Tebas, perto do grande Templo de Luxor, onde funciona a residência do Vizir e os serviços de atendimento à capital do sul do Egito. Em nome do Faraó, o Vizir é a autoridade maior em Tebas.

Butehamun é recebido com cordialidade pelo funcionário pessoal do Vizir, Sahourê, que, de imediato, o introduz na sala de seu chefe.

– Como está, Dhutmose? O Vizir perguntou.

–Meu pai está bem, repousando, com a graça de Rá, em casa com sua família, respondeu Butehamun, indo logo ao assunto: o que me traz aqui é falar sobre a forma como está se processando o julgamento de questões no *knebet* da Vila de Deir el Medina.

O Vizir é um homem alto, volumoso. Sua bata é feita de um tecido brilhante, da Síria, naturalmente, sem bordados. Ele faz um gesto para Butehamun calar-se, levanta-se com espalhafato, empurrando a cadeira de cedro do Líbano, dirige-se à porta da sala e sai.

Butehamun assusta-se por ser jovem e inexperiente. O que significa isto? Pensa. Mas logo o Vizir volta, ladeado de cinco homens, gordos como ele, bem-vestidos, que entram rindo na sala, como grandes amigos e logo cumprimentam Butehamun sorrindo, simpáticos.

– Todos conhecemos o seu pai, falou Ankhou, o mais volumoso de todos. Somos representantes do Vizir nos distritos de Tebas. Discutimos muito com Dhutmose sobre questões graves da administração dos distritos. São unidades pequenas, mas constituem a base da economia local, como sabes. Teu *itef* é um homem bom e honesto. Estamos felizes com a sua recuperação. Vamos festejar contigo, hoje mesmo.

O Vizir bate palmas e uma fileira de jovens entra na sala. Estranhamente, elas usam um pequeno cone de cera na cabeça, que exala um perfume suave de mirra. Butehamun sabe que é um enfeite feminino para festas. Cada uma das moças porta uma bandeja com comidas boas, nas delicadas mãos, tendo os braços enfeitados com pulseiras de pedras brilhantes. Elas depositam os alimentos de forma sincronizada e graciosa de modo que, nos dois lados da mesa, há pequenos bocados iguais. A grande mesa retangular é baixa, também de madeira do Líbano, facetada, com pequenas incrustações de madrepérola, em formato de sol, em todos os seus quatro lados. Sua beleza é ainda valorizada pelos sete cálices de vinho, feitos de um vidro opaco, também enfeitados com lindas imagens do sol, porém de pedras luminosas douradas, para combinar. Pelas altas janelas entra o sol do meio-dia, que banha a cena com os seus raios, no amplo gabinete do Vizir.

Guiados por uma das moças uniformizadas, portadora de túnica branca igual à das outras, os homens são dirigidos para cadeiras baixas que combinam com a mesa em que devem sentar-se. Ao mesmo tempo, outras duas jovens servem um vinho escuro, vertido de uma jarra de vidro azulado transparente, de modo que todos sejam servidos ao mesmo tempo. Os convidados sequiosos olham para o Vizir que, levando a mão à boca, comanda que bebam.

Deliciados, porque o vinho é excelente, os homens se aquietam para ouvir o Vizir:

– É com o coração cheio de alegria que saúdo os bons companheiros, o filho do nosso bom amigo Dhutmose e dou início às deliberações sobre o *Protocolo de Audiência do Diretor da Cidade, Vizir da Cidade do Sul e da Residência.*

Ankhou, o mais velho dos homens, fala primeiro:

– Frequentemente carecemos de elementos de comparação para reconstruir as carreiras dos homens antes de serem indicados para o vizirato.

Rekhmire, sentado à direita do emissor deste problema maior, completa:

– Os títulos que eles reivindicam, uma vez que alcançam esta função de Vizir, tanto podem recordar facilmente suas cargas anteriores como podem descrever a expectativa de suas cargas atuais. Nunca fica claro nos documentos.

O Vizir complementa:

– Ao cabo deste dia, teremos o padrão de escolha dos Vizires e altos funcionários.

A discussão vai pegando fogo, acusações são feitas a Vizires de outras dinastias e, até mesmo, ao Vizir atual de Mênfis, o que dá às palavras um tom desagradável. Talvez, se continuar assim, terá que avisar ao Faraó dos abusos que ocorrem no seu reinado. Há dois Vizires no Egito. Um no Norte, em Mênfis, e outro no Sul, em Tebas. Se um deles falhar, será um fato muito grave, pois ambos representam poderes supremos de Estado.

Ao final da tarde, o Vizir encerra a reunião e confere, com o escriba destacado, se tudo foi devidamente anotado. Os homens vão se despedindo e quando chega a vez de Rekhmire, ele segura fortemente a mão de Butehamun e, com um sorriso muito amistoso, diz:

– Cuide bem de Naunakhete. Ela é nossa amiga.

Butehamun agradece ao Vizir pela honra da sua participação no Conselho tão importante e sai sem tocar mais no assunto. Tinha aprendido uma lição de humildade para toda a sua vida: levar queixas pessoais ou fúteis para o Vizir, ou qualquer outro oficial superior, poderia ser desastroso.

Ainda bem, pensa ele, que seu pai é importante e respeitado. Por isso, pouparam-me. Agradece a Rá pela proteção. Melhor seria agradecer a Thot, protetor dos escribas ou a Mertseguer, que cuida do povo da Necrópole de Deir el Medina. Principalmente com os deuses, deve-se agir com humildade.

Sai a tempo de pegar a última barca para o outro lado do rio. Dormirá em casa, com sua sábia e querida esposa.

Lembra-se de um deus mais popular ainda e grita:

– Obrigado, Bês, o deus anão, protetor das famílias.

No barco, no lusco-fusco do pôr do sol, Butehamun pensa na riqueza do Egito, que vira, pela primeira vez, se manifestar no gabinete do Vizir. Se é assim em Tebas, como seria em Mênfis, onde se mantinha o Palácio Real? Termina adormecendo e, quando acorda, parece ter vivido um sonho.

VI. ASSUNTOS DE FAMÍLIA

Não vens por causa de teu pai?
Ou é por causa de tua mãe?
Que (aconteceu)?
Te jogaram na água?
Estás vivo ou morto?
Em verdade, por qual razão estou abandonada?
CERNY, J. Ostracon n. 25.761

Shenendua, a *hemet* de Dhutmose, caminhava com dificuldade no terreno irregular que levava à casa de Butehamun. Para que um lar fosse feliz, era necessário que um filho vivesse em sua própria casa e não coabitando com parentes. Os textos de Any ensinavam: *constrói tua própria casa e verás que isso afasta o rancor e a desordem.* Todo escriba sabia disso. Shenendua estava feliz que Butehamun e sua *hemet*, Merit, vivessem longe, em terreno que ficava na área dos trabalhadores. A esposa dele lhe parecera uma pessoa pouco afetuosa. Na festa de casamento, sequer veio cumprimentá-la.

Ela nunca fora convidada para visitar o filho mais velho de seu marido e, por isto, desconhecia o caminho e se atrevera na aventura de ir à sua casa, a pé. A serva que a acompanhava era uma menina tola, que se exclamava a todo o momento pelo chão arenoso, áspero e cheio de pedregulhos que feriam os seus pés descalços. Ela levava nas mãos um doce, feito com carinho pela *nebet pr*. Tremia de medo de deixar o pote de cerâmica cair no chão, porque isso custar-lhe-ia palmadas nas mãos o que, aliás, ela sofria seguidamente.

O caminho ficava cada vez mais estreito conforme entravam na vila, e os pés de ambas, mais cansados. Os pés de Shenendua, embora calçados com sandálias firmes de couro, estavam doloridos e faziam demorar mais a caminhada. A *hemet* também estava vagarosa porque se preocupou com o assunto a falar com Butehamun. Por isso, ia cabisbaixa, de ombros caídos. Ela se sentia humilde, muito longe de exibir a postura de poderosa esposa do Escriba da Tumba, que lhe era costumeira.

Chegando, finalmente, na frente da casa do escriba, a *hemet* bateu palmas. A pesada porta de madeira da Fenícia foi aberta e uma jovem serva convidou as duas para entrarem na sala da frente da moradia.

Curiosa sobre o ambiente que encontraria, Shenendua rapidamente entrou e, com um gesto, mandou a serva levar o doce para a cozinha. Sentou-se na única cadeira da sala que, certamente, era de Butehamun e olhou ao redor, procurando avaliar o grau de refinamento e de riqueza daquela moradia simples do bairro operário.

No canto da sala, identificou um armário de madeira de um tipo que ela já conhecia, porque tinha um semelhante em sua casa. Era uma peça especial para guardar perucas. Levantou-se e foi inspecionar. De fato, ali dentro havia uma bela peruca, com o respectivo apoio para guardá-la, agulhas de bronze, alfinetes de osso para o cabelo, um pente, um frisador, uma caixa de cosméticos contendo vasos de alabastro, faiança e vidro. Calculou grosseiramente os valores daqueles objetos. Falando para si mesma: Hum... Estou sendo econômica com o meu Escriba da Tumba. Esta nora, cujo marido não é tão importante quanto Dhutmose, está tendo mais coisas para se enfeitar do que eu.

Muito atenta e minuciosa, a *hemet* observou ainda outros objetos do cotidiano, como bancos de vários tipos e duas mesas de madeira. Uma grande mesa, para oito pessoas e outra pequena, para duas apenas. Duas mesinhas de junco e duas caixas com toalhas e panos, que ela teria adorado examinar, mas temia ser flagrada pela dona.

A higiene e a aparência pessoais eram consideradas de grande valor em Deir el Medina. A *hemet* imaginou que sua nora se lavaria com um sabão pastoso, o *suabu*, feito de gordura e giz, antes de vê-la. E passaria, também, óleo de gordura vegetal aromatizado com mirra. Era possível ainda que ela colocasse malaquita nas pálpebras e desenhasse uma linha de *kohl* preto para alongar os olhos, bem como pó de ocre nas bochechas. Ela estaria certa.

A serva voltou, sem o pacote que deixou na cozinha, e se acomodou aos pés da *nebet per* até que, enfim, a mulher de Butehamun foi à sala. Como a *hemet* tinha imaginado, ela se lavara e pintara o rosto. Respeitosamente, inclinou-se diante dela. Mal se conheciam, pois, desde o casamento do sogro, não tinham mais se encontrado. A *hemet* tomou a palavra:

– Estou grata por ter me recebido. Preciso muito falar com o seu marido.

– Sinto muito, então! Terá que esperar. Assim que Butehamun chegou de Tebas, pela manhã, foi chamado para uma reunião de emergência no *Knebet*. Não descansou nem um pouco. Em seguida, ele mandou um menino de recados avisando que viria mais cedo para casa.

A *hemet* fez um gesto de compreensão com a cabeça. Contudo, descontroladamente, começou a chorar, e Merit, esposa de Butehamun, se apressou a levantar-se do banco para abraçá-la e consolá-la no que fosse possível. Mandou ainda a sua serva buscar chá e acender incenso de ervas para tornar mais agradável o ambiente.

Depois de um tempo, mais calma, a *hemet* falou:

– Temo que a presença de seu marido no *Knebet* seja causada pelo mesmo motivo que me trouxe aqui.

A nora sobressaltou-se.

– Qual seria? Poderia me dizer?

– Hoje, cedo pela manhã, chegaram policiais na minha casa, dois *Medjais* à procura de minha irmã mais nova. Ela está desaparecida há dois dias. Tenho medo de que esteja com um grave problema.

Neste momento, Butehamun entrou na casa abatido de calor pela caminhada e se surpreendeu com a presença de Shenendua. Cumprimentou-a com um meneio de cabeça. A esposa apressou-se a verter águas nas mãos dele, que sorriu aliviado com esta limpeza, como de hábito.

Sentou-se na sua cadeira que, sabiamente, Shenendua desocupara. Ela ocupou um banco de três pés, do tipo que Dhutmose levara para sua jornada na Núbia, assim como fez Merit. A serva serviu chá de hibisco novo para todos. O cheiro das frutas e flores perfumava o ar.

Percebendo o estado desesperado da mulher de seu pai, Butehamun decidiu falar logo sobre o caso que fora julgar, pois sabia que ela tinha conhecimento. Era a razão da sua presença na casa dele, visto que já não era mais um segredo na Vila.

– Hoje terminou um processo que começou há mais de três meses, disse ele, gravemente.

A *hemet* sentou-se ereta, enxugando as lágrimas e ouvindo com atenção. Butehamun resolveu dar um tom de discurso à sua fala:

– *Ramsés III, cujo nome significa, como sabemos, príncipe vitorioso de Iwunw, a cidade do sol, sofreu um grande golpe, recentemente.*

Poucas pessoas souberam. O silêncio na sala era total, porque nada mais assustador do que a morte de um Faraó para aquelas pessoas. Caso ele fosse assassinado, transcorreriam setenta dias até que o seu corpo passasse pelo processo de mumificação. Neste período, o Egito estaria de luto pela morte do deus. Era um período de muita dor e medo.

Continuou o escriba Butehamun:

– Houve uma querela injusta e sem precedentes entre duas das mulheres principais do harém sobre qual filho delas sucederá ao Faraó, no caso de sua morte.

– Após longa investigação, foi apurado que Tiy, a mais jovem, iniciou uma conspiração para colocar como novo Faraó o seu filho Pentwere.

– Os primeiros passos dados na trama foram os seguintes: a astuciosa Tiy conseguiu o apoio do chefe da

Câmara, Pebekamen e de um mordomo real, chamado Mesedsure. O primeiro obteve do capataz dos rebanhos reais algumas figuras mágicas de deuses e de homens feitas de cera, as quais poderiam, caso o proprietário acreditasse, incapacitar ou enfraquecer os membros das pessoas. Eles conseguiram contrabandear o material para dentro do harém. E, com tais magias, pensavam em evadir ou inutilizar os guardas, os quais, de outra forma, teriam descoberto e denunciado a conspiração.

– Pebekamen e Mesedsure obtiveram a cooperação de dez oficiais do harém de várias patentes, quatro mordomos reais, um inspetor do tesouro público chamado Pere, um capitão dos arqueiros da Núbia, chamado Binemwese, o qual foi influenciado pela própria irmã que estava no harém; Peyes, um comandante do Exército, três escribas reais de cargos diferentes, o assistente de Pebekamen e vários oficiais subordinados. Como a maioria destas pessoas estava no serviço pessoal do Faraó, o caráter perigoso do complô é evidente.

As mulheres mantiveram-se em silêncio, e Butehamun prosseguiu:

– Seis esposas dos oficiais do Portão do Harém foram usadas para assegurar a transmissão das mensagens. Os parentes dos residentes do Harém, que estavam fora dele, embora não sejam mencionados, estavam logicamente comprometidos. A irmã de Binemwese enviou-lhe uma carta, insistindo para que ele incitasse as pessoas a serem hostis ao rei. Assim foi o teor de todas as mensagens que saíam do Harém.

A *hemet* suspirou de aflição e Butehamun decidiu enviar um menino de recados pedindo ao seu pai para mandar um carro de burros para levar sua esposa para casa. Ela agradeceu, porque não teria forças para voltar a pé. Estava ansiosa para saber qual o castigo que os envolvidos na conspiração sofreriam. Atenta, acomodou-se no banquinho.

– Ainda bem, continuou Butehamun, que o assassinato do rei não estava escrito em nenhum lugar! Antes que os planos pudessem ser realizados, os conspiradores foram, de alguma forma, traídos e muitas evidências obtidas, sendo composto um tribunal encarregado de julgar os conspiradores, os quais receberam instruções diretamente do Faraó.

Como o julgamento ocorreu na Corte em Mênfis, todos fomos chamados, apenas para sermos informados, com critério, do fato. Todas as Cortes de justiça de Mênfis e de Tebas teriam que saber de tudo, oficialmente, e assinar todas as condenações, embora a justiça do rei, o seu poder de *Maat*, julgador do bem e do mal, conhecedor da verdade, não estivesse em jogo.

Foi o tribunal com poderes mais excepcionais que se tem conhecimento, falou Butehamun, servindo-se agora da grande jarra de vinho e saboreando pequenos pedaços de cordeiro assado que dois criados levaram, pois anoitecia. Ele pareceu mais tranquilo ao chegar ao final da narrativa. Olhou para sua esposa e viu como ela estava bela, pintada, vestida com a bata bordada da Síria, da qual ele gostava muito. Sentiu-se alegre e pediu ao criado doces de figos secos.

Levantou-se, então, com o copo de vidro azul na mão, cheio de vinho, e falou entusiasmado:

– Quatorze pessoas foram reunidas, que juraram punir apenas aos culpados, por ordem de Ramsés III. Entre eles, estavam dois inspetores do Tesouro Público, dois porta-estandartes do Exército, sete mordomos reais e dois escribas reais. Uma grande libertinagem, entretanto, foi descoberta quando se soube que dois oficiais, que tinham os prisioneiros sob custódia, receberam em suas habitações algumas das mulheres conspiradoras e, junto com o General Peyes, fizeram uma festa.

As duas mulheres ficaram surpresas com tanta luxúria no harém real! Suspiraram e deram gritinhos de horror.

Butehamun, finalmente, informou as sentenças:

– Vou lembrar apenas das penas sofridas pelos participantes da festa:

Peyes e Pekemen foram obrigados a cometer suicídio. Os demais tiveram os seus narizes e orelhas cortados. As mulheres foram punidas com chibatadas.

Cansado, encerrou seu relato. A mulher de Dhutmose ousou perguntar sobre sua irmã.

– Ela não foi citada no caso, mas uma das mulheres do harém disse que ela fora chamada para ser uma candidata como nova esposa de Ramsés; mas que, apavorada, saiu correndo, fugindo e nunca mais foi vista. A atitude foi avaliada como muito suspeita, porém a investigação sobre as razões deste ato não foi levada adiante.

A esta altura, Butehamun já estava, além de cansado, muito aborrecido. Evitara falar acerca de algumas penas sofridas pelas mulheres do harém. Muito cruéis! E dos fortes boatos sobre a morte infligida à Tiy, rainha conspiradora, também muito violenta e exemplar. Ele queria mesmo era ir dormir.

– Meu *itef* está mandando uma carroça para buscá-la junto com sua serva, falou e subiu as escadas para dormir no terraço, na sua cama de palha.

Quando a carroça chegou, a nora e sua sogra abraçaram-se fortemente. Merit também subiu para o terraço. Butehamun esperava-a, acordado.

Ele estava lindo, com o torso forte nu, apenas de tanga, na sua cama de palha, sobre almofadas da Síria, iluminado pela clara luz do luar. Puxou-a para si, tirou a linda bata que vestia e elogiou a sua beleza naquela noite estrelada.

– Sabe, Merit, estou ficando um escriba muito importante. Quando cheguei ao Knebet, soube que estava tudo resolvido no caso do harém a partir da Corte em Mênfis. Fui chamado somente porque desejavam saber o meu parecer sobre o que deveria ser feito com a irmã de Shenendua. Ela estava sob suspeita. Aconselhei que a deixassem escapar, porque era ainda uma criança. Ela teve receio de enfrentar as hostilidades das mulheres e outros desafios de uma vida de harém. Nada tinha a ver com a conspiração. E eles me ouviram!

Butehamun apagou a vela e abraçou Merit. Lembrou-se de uma poesia que aprendera com o seu querido mestre Thot Ankh e declamou-a, em voz bem baixa, para mulher que estava amorosamente aninhada em seus braços:

O amor que tenho por ti,
Se dilui em meu corpo
Como o sal se dissolve nas águas,
Tal como o fruto da mandrágora
Difunde seu perfume...

VII. UMA CASA FEITA DE AMOR

...minha casa está alegre, desde que o deus entrou nela; ela prosperou desde que meu senhor tomou conta dela...
Papiro Anastasi III

Merit, desde que se formara escriba na *Per Ankh,* jamais abandonou a leitura de papiros que Butehamun, constantemente, levava-lhe de Tebas. Eles se conheceram durante os estudos. Quando o curso terminou, ela recebeu um convite para assumir a função de oficial da justiça, em Mênfis. Mas isto significaria se separar de Butehamun. Por mais que ela desejasse ter o seu ganho e a independência, preferiu morar com o companheiro. Foi com Butehamun para a modesta casa do bairro operário em Deir el Medina, porque o seu dote era muito pequeno para comprar um terreno melhor. No entanto ela se sentia muito feliz. Ele era um poeta, amoroso e tocador de harpa. Lamentava apenas que Meretzeguer ainda não os abençoara com um filho, apesar se estarem juntos há dez anos. Nunca puderam, pois, oficializar a união.

Ela sempre se informava sobre política com o marido e tinha perfeita noção de que se vivia em um período esplêndido no Egito durante o Novo Reino. Estava ainda informada das mudanças na moda egípcia. Sabia dos estilos de roupas menos severos e simples, não necessariamente deselegantes, como nos primeiros períodos, quando era criança. Agora as roupas eram mais completas e as pregas mais elaboradas, junto a maneiras criativas de cortá-las e drapejá-las.

Deu o último ponto no vestidinho de tecido fino da Síria, alisou as pregas com um tijolo quente enrolado em um trapo e correu para a casa da vizinha querida, Imose. Ela tinha uma menina que Merit cuidava, todas as manhãs, por algumas horas. Agora, ela estava prestando-lhe um grande favor: experimentar o vestido que ela fazia para a filha, de igual porte que a de Shenendua. A prova foi um sucesso. A vizinha encomendaria um igual para sua filha. Se aceitasse, o que ela dificilmente faria, teria que se inscrever na corporação das costureiras da vila e, sobretudo, pagar impostos.

Merit era revoltada com o pagamento de tributos sobre o trabalho. Seu *itef* era um marceneiro, mas na profissão nada lucrara, embora trabalhasse tanto, pois do seu ganho iam dez por cento para os impostos. Guardava dele um presente, o lindo armário para perucas que, em geral, só era acessível a pessoas nobres e ricas. De Butehamun ganhara uma magnífica peruca, que tinha visto Shenendua admirar.

Lembrou-se dos anos escolares com saudades. Merit era muito boa em literatura, desde as de sapiência até as de histórias fantásticas. Entre seus professores, Thot Ankh era o mais entusiasta pelo fato de ela ser a única aluna mulher. Elogiava sua caligrafia, seus conhecimentos de gramática e nunca perdera contato com ela. Costumava enviar-lhe, por emissários reais, os seus desenhos minuciosos de hábitos e vestimentas novos usados na Corte.

A vestimenta masculina padrão permanecia sendo, quase sempre, o saiote liso.

– Por sorte! Exclamou, suspirando de alívio.

Merit observou que o comprimento terminava logo acima dos joelhos e com a borda externa sobreposta, de forma a melhor vestir o contorno das pernas. Manuseando os seus cortes de tecidos, escolheu costurar para o marido um saiote mais curto, semelhante ao *shendyt*, porém com uma aba pontuda na frente, não tão larga quanto deste. Concluiu, satisfeita, que as batas masculinas que iam até os tornozelos e com cintura alta eram próprias apenas para o uso de vizires, e não para Butehamun. Merit ficou tranquila, pois teria pouco tempo para costurar uma bata masculina.

Para ela, pensou primeiro em um vestido tubular com duas alças nos ombros, que era ainda um estilo muito moderno, embora utilizado desde a época de sua infância. Entretanto, preferia mirar-se em outros estilos, porque este fora muito usado para os criados.

Pensou, então, em um modelo sem alças, longo até os tornozelos, que consistia em nada mais do que um pedaço de tecido de linho branco brilhante dobrado sobre si, com aberturas para os braços e pescoço. Muito justos, eles pareciam colados ao corpo e isto alegrava a Merit, cuja silhueta era muito fina. Também julgou importante seguir a moda de deixar um ombro descoberto, o qual permitia a exposição do seio direito.

Ao chegar, Butehamun encontrou vários bancos da sala, e até a sua cadeira, cobertos de retalhos. A esposa estava sentada, confortável, no banco de três pernas, já em posição de costurar uma imensa saia de linho branco, que seria transformada em vestido.

Ela levantou-se rápido, foi correndo jogar água nas mãos do seu marido e o convidou:

– Vamos para o terraço. Nossa refeição está posta lá, com cerveja, pão e figos maduros.

Butehamun subiu as escadas, pulando os degraus de dois em dois. Adorava comer na cama de palha e depois tocar harpa para sua esposa amada. E teria pouco tempo e tranquilidade para estes planos românticos.

Merit subiu com um canudo de papiro nas mãos. Estava endereçado à sua família e, por isso, sentiu-se autorizada a abrir. O convite era objetivo e conciso, escrito com graciosos símbolos do demótico, a grafia própria dos escribas, e dizia:

Convidamos o Escriba Butehamun e sua hemet, a Escriba Merit, para uma festa na nossa casa, às dezoito horas do dia 19, III. Teremos a honra de contar com as presenças do Vizir de Tebas e de Mênfis
Ankh wedge seneb.
Escriba da Tumba Dhutmose e sua hemet Shenendua.

O casal se abraçou. Confusos, sentiram calor, apesar da brisa fresca que abençoava a noite quente. Ambos tinham aprendido lições de etiqueta social e oficial na *Per Ankh*. Eles intuíram, com certeza, que estavam sendo visados para cargos de muita importância pelo Faraó. Era certo que só saberiam disso pelas palavras e gestos dos Vizires, no dia da festa.

– Temos duas semanas de aflição, disse ele, mirando Merit, enquanto começava a dedilhar a sua harpa.

Merit sentiu-se umedecer. Ela se derretia pelo seu amor.

VIII. SERPENTE ENCANTADA

Minha face é Rá.
Meu cabelo é Hórus.
Meus olhos são o Deus da Mágica.
Minhas orelhas são o Grande Ouvinte.
Minhas sobrancelhas são os Dois Poderes...
Textos dos Sarcófagos 945

O cavalo era meio xucro e nervoso. Butehamun, um principiante, há pouco fora introduzido na arte de cavalgar. Ele e Merit ainda estavam em suave andar depois da magnífica festa na casa do seu pai, há duas semanas. E, desde então, aquele cavalo entrara na vida deles.

Eram um casal apaixonado, humildes nas ambições, mas febris um pelo outro. Até chegar aquele bicho estranho, introduzido pelos hicsos, inimigos do Egito e a quem lhes fora ensinado a temer e a odiar. Ele foi entregue na casa simples deles, em meio à Vila, causando um frenesi na vizinhança. Alguns nunca sequer tinham visto um animal daqueles. Ele veio trazido por um guardião, com um bilhete:

Este cavalo pertence a Butehamun e deve ser preparado para ele e levado até o Palácio de Ramsés III, em Tebas, para com ele assumir o posto de Escriba das Estrebarias Reais.

Foram aulas e exercícios diários de equitação ao longo de duas semanas. O cavalo, que Butehamun chamou de Hórus, aos poucos, aceitou o seu comando. Merit suspirava quando via o animal, porque o cavalo a perturbava. Uma manhã ela acordou sobressaltada, abraçou o companheiro e repetiu muitas vezes:

– Eu sonhei com ele, Butehamun!
– Eu sonhei com ele, Butehamun!
– Eu sonhei com ele, Butehamun!
– Com ele, quem, minha *Nefer*? Ele passara a chamá-la de *Nefer*, linda, desde o sucesso que ela fizera, com o seu vestido branco, na festa do seu *itef*.
– Com o seu cavalo!
– O que foi que tu sonhaste?
– Foi algo extraordinário! Vocês dois saíram voando e cavalgando, a partir da nossa cama!

Butehamun deu uma gargalhada. Muito gostosa! Abraçou a companheira e rolou com ela no leito de palha, enchendo-a de beijos. Quando, por fim, pararam, ele falou:

– Minha *Nefer*, este sonho fala de coisas boas! Ele conta que irei para a Corte, onde serei bem recebido, terei sucesso. É um lindo sonho!

Com frequência, ela continuou a sonhar com Hórus indo embora com o seu marido, voando, voando alto! Até que chegou o dia da viagem.

Butehamun e Merit abraçaram-se e choraram, mal acordados. Feliz ou infelizmente, de uma hora para outra, vários servos invadiram a sua alcova particular no terraço da casa, tornando-a toda ocupada com objetos de limpeza e roupas. Prepararam um banho de ervas cheirosas para Butehamun e sua esposa e os deixaram mergulhar na gigantesca bacia de barro, por eles montada, em transbordantes águas tépidas, o tempo que desejassem. Quando os viram exaustos, os puxaram e os envolveram em toalhas secas e aconchegantes.

Foram vestidos com roupas elegantes, que não eram as suas, mas adequadas para aquele dia. Levados para a sala de entrada da casa, foram mimoseados, na mesa grande para oito pessoas, com muitas coisas boas: frutas, cervejas, pães variados e um gostoso chá de hibisco, como ambos gostavam.

Depois, tudo aconteceu muito rápido. Butehamun foi colocado no dorso daquele cavalo magnífico. Sua amada Merit viu-se ajoelhada no chão, com os braços estendidos, como se o marido fosse uma alta autoridade, gritando:

– *Ankh wedge seneb!*

Pronto. Isto foi o que aconteceu naquela manhã, duas semanas após a grande festa, quando eles brilharam e foram solenemente condecorados pelos Vizires do Norte e do Sul: dois jovens promissores do Reinado de Ramsés III. Ele, em cargo de honrosa chefia, e ela, aceita na seleta confraria dos escribas do Faraó, escolhida ainda a mulher mais bela da festa. Membro nomeado diretamente pelo rei, como a chefe da equipe de educação de Tebas e de Deir el Medina, a *grande escriba Merit*, como passou a ser anunciada por onde passava!

Merit levantou-se do chão, depois de dar o adeus choroso ao marido. Subiu ao terraço e aprimorou o seu cabelo, a pintura do rosto e desceu. Na rua, em frente à casa, a esperava uma carroça, melhor do que aquela que levou sua sogra no dia da surpreendente visita.

Com cadeiras e almofadas, na parte traseira, junto ao condutor, estava um escriba jovem, com postura humilde, que lhe falou:

– Fui designado para servi-la. Pode contar comigo para o que desejar.

Ela disse-lhe:

– Iremos primeiro a *Per Ankh*, pois é lá que darei minha primeira aula.

A escola ficava próxima à casa de seu sogro, e Merit pensou que, um dia, poderia visitá-los, para retribuir a cortesia feita pela sua sogra, Shenendua. O prédio tinha um andar apenas, como a imensa maioria das construções da Vila. Era rodeada por um muro baixo e, de fora, se enxergavam as salas de aula. A vista das crianças foi, para ela, uma agradável surpresa.

Merit apresentou-se a um oficial que estava perfilado na entrada principal. Informou-se onde estavam os seus alunos e caminhou calma e elegantemente para sala indicada, sabendo e se sentindo observada por muitos olhos curiosos.

Entrando, encontrou vinte crianças, entre dez e doze anos, muito quietos. Todos se levantaram das classes, com sua presença, e disseram, em conjunto:

Ankh wedge seneb!

Merit respondeu com um sorriso largo, alegre, que foi imediatamente retribuído pelas crianças.

Ela começou explicando qual seria o conteúdo de suas aulas e a sua metodologia de trabalho, que consistia em muita conversa, mas também em uma introdução aos hieróglifos, com exercícios de cópia uma vez a cada quinze dias.

Nesta primeira aula, Merit propôs que iniciassem com literatura.

Todos levantaram as mãos, felizes.

A professora pediu que escrevessem o título da narrativa que ela exporia e discutiria com eles. Chamava-se: *O Conto do Náufrago*.

– Este conto existe desde os primeiros tempos dos faraós e dos deuses. É muito importante para a compreensão e a formação do nosso povo. Ele fala sobre uma viagem de marinheiros egípcios à terra das especiarias, em uma época distante da nossa!

– *Punt*? Perguntou um garotinho sentado na fila da frente.

– Exatamente, respondeu Merit! Eles navegavam em direção ao Chifre da África.

– Oh, gritaram alguns! É um lugar perigoso.

– Sim, disse Merit. De fato, após, cerca de metade da jornada, começou uma violenta tempestade. O barco ia à deriva, de um lado a outro. A água entrando no convés e as velas se rasgando com o forte vento.

Os olhos de todos estavam esbugalhados e grudados na jovem mulher graciosa, que caminhava de um lado para outro da sala, gesticulando, fazendo sons que imitavam as ondas do mar, tornando a todos participantes da narração.

Ao final, a mestra, batendo com a varinha na mesa ruidosamente, gritou:

– O BARCO AFUNDOU!

Uma menina pequena chorou de emoção. Merit logo a acalmou. Levantou a voz e disse em tom alegre:

– Mas vejam bem o que aconteceu: o capitão, que era jovem e destemido, três dias após o naufrágio, acordou com um barulho que parecia uma trovoada, assustador. Ele tinha se salvado. Ele foi levado para uma ilha deserta por uma onda gigante!

– Ele ficou alegre, até que viu diante de si uma enorme serpente prateada, com olhos grandes, fixados nele. No seu corpo havia incrustações de ouro e tinha duas presas gigantes, que mal cabiam na sua boca. E ela, imediatamente, perguntou:

– Quem te trouxe aqui, homenzinho? Quem te trouxe? Se demorares a me dizer quem te trouxe a esta ilha, farei que, quando deres por ti, estejas reduzido a cinzas, transformado em algo invisível.

– Tu me falas, mas eu não te entendo, respondeu, e se pôs de bruços diante dela.

A serpente, então, o pôs na boca e o levou à sua morada. Depositou-o no chão, intacto, e sem que algo fosse tirado dele.

– Quem te trouxe, quem te trouxe a esta ilha do mar cujos dois lados estão na água?

– Ele respondeu ao que ela dissera, com seus dois braços dobrados respeitosamente diante da imensa criatura:

– Eu me dirigia a uma mina, numa missão do soberano, num barco. A bordo vinham cento e vinte marinheiros. Cada um deles tinha mais corajoso o coração e mais forte o braço do que outro companheiro. Não havia tolos entre eles. Desencadeou-se o vento da tempestade quando estávamos em alto-mar. Então o barco morreu. Dos que estavam a bordo, nenhum restou. Eu fui trazido a esta ilha por uma onda do mar.

A serpente disse-lhe:

– Não temas, não temas, homenzinho. Não empalideças o teu rosto. Chegaste a mim porque um deus fez com que vivesses e te conduziu a esta ilha do Espírito, na qual nada falta: ela está cheia de todas as coisas boas. Eis que passarás mês após mês até completar quatro meses nesta ilha quando um barco virá de teu país; nele estarão marinheiros que conheces, com os quais voltarás ao lar. Morrerás em tua cidade.

O capitão continuou a ouvi-la, extasiado.

– Quão feliz é aquele que relata o que experimentou, passada a calamidade! Vou contar-te algo semelhante acontecido nesta ilha, na qual eu vivia com meus irmãos, entre eles havia crianças: totalizávamos setenta e cinco serpentes, entre meus filhos e meus irmãos; e nem te menciono uma pequena filha que obtive por meio de uma prece.

– Então uma estrela caiu, incendiando a todos consigo. Isto certamente aconteceu. Eu não estava com aqueles que se queimaram, não me achava entre eles. Eu poderia ter morrido por causa deles, ao encontrá-los em uma única pilha de cadáveres.

– Se fores bravo e controlares o teu coração, apertarás em teus braços, beijarás a tua esposa e reverás a tua casa.

Isto é melhor do que qualquer outra coisa! Atingirás o lar e viverás entre os teus irmãos.

O náufrago estava prostrado de bruços e tocou respeitosamente o solo diante dela. Disse-lhe:

– Eu relatarei o teu poder ao soberano, farei com que ele saiba da tua grandeza. Far-te-ei enviar mirra, azeite sagrado, láudano e canela, além de incenso dos templos, agradável a todos os deuses. Contarei o que é devido a teu poder: assim receberás agradecimentos na cidade, diante do Conselho de todo o país. Sacrificarei touros para ti em holocausto, torcerei para ti o pescoço de aves, enviar-te-ei navios carregados com todas as riquezas do Egito, como se deve fazer para um deus que ama os homens numa terra distante, desconhecida dos homens.

Ela riu dele, daquilo que dissera, erroneamente, a seu ver, e lhe disse:

– Não tens tanta mirra. Mas vais transformar-te em dono de incenso. Eu é que sou o governante de *Punt*: a mirra me pertence. E aquele azeite sagrado que falaste em trazer... Ora, ele é abundante nesta ilha. O que de fato acontecerá é que te separarás deste lugar e jamais reverás esta ilha, que se transformará em água.

O barco apareceu como ela previra anteriormente. Ele postou-se em cima de uma árvore e reconheceu aqueles a bordo. Foi então relatar-lhe aquilo, mas descobriu que a serpente já o sabia.

– Adeus, adeus, homenzinho. Vai para a tua casa. Reverás teus filhos. Faze-me um bom nome, eis o que me deves.

Ele pôs-se de bruços, com os braços dobrados respeitosamente diante dela. A serpente deu-lhe um carregamento de mirra, azeite sagrado, láudano, canela, árvores de especiarias, perfume, pintura negra para os olhos, caudas de girafa, grandes torrões de incenso, presas de elefante, cães de caça, macacos, babuínos... Enfim, preciosidades de todo o tipo. Ele pôs o carregamento naquele navio. Colocou-se, então, de bruços para agradecer-lhe. Ela disse:

– Eis que atingirás o lar dentro de dois meses. Apertarás nos braços os teus filhos, florescerás em teu país e, por fim, serás sepultado.

Ele desceu à praia, perto daquele navio, e chamou a tripulação a bordo do barco. Fez uma ação de graças na praia ao senhor daquela ilha. Os que estavam no barco fizeram o mesmo.

Merit notou que as crianças estavam emocionadas com o final do conto. Elas gritaram, em conjunto;

– Nossas famílias nos esperam.

Ankh wedge seneb!

As crianças saíram correndo e levando, apressadas, a paleta com tintas, o papiro, que era um objeto precioso, durável, quase imperecível, e os pincéis.

Merit correu para a rua. A carroça não estava, nem o escriba simpático.

Ela estremeu quando viu pousar à sua frente uma égua, prenhe, já com as tetinhas inchadas. Esta se agachou, delicadamente, para Merit montar.

As duas voaram.

IX. SILÊNCIO E UMA LONGA CARTA

... Mas o que se devia fazer, quando as grosserias e as arrogâncias vinham dos próprios escribas militares?
Logo identifiquei o perfil do meu correspondente: um homem jovem, pouco experiente nas atividades que exercia e, talvez por esta razão, bastante agressivo...
Papiro Anastasi

Pela manhã, após duas semanas de ausência, um emissário entregou um papiro atado com uma corda de sisal, com o selo das Estrebarias Reais, que continha notícias pessoais de Butehamun. Merit acomodou-se em meio às almofadas da sua cama e iniciou a leitura:

Nefer, ankh wedge seneb,
Tenho pedido a Sekhmet, todo dia, para te manter em boa saúde. Perdoa-me pela demora em escrever. Soube que te enviaram, do Palácio, os dados oficiais da minha chegada a Mênfis e da posse no trabalho. Isto me tranquilizou sobre teus conhecimentos acerca da minha vida aqui.

A viagem de barco de Tebas a Mênfis ocorreu muito tranquilamente. O Vizir do Norte estava a bordo. Ele foi muito cortês comigo, elogiando a festa na casa do itef e a tua beleza. Ele apreciou a comida, principalmente, a berinjela, que lhe informei, era uma antiga receita da mwt. Depois, conversamos muito sobre a situação internacional do Egito. Vivemos em uma época de muitos perigos, Merit. Vou te falar de alguns deles, ao longo desta carta, para repartir contigo minhas preocupações e os focos da minha atividade aqui.

Chegando a Mênfis, fiquei muito impressionado com a beleza desta niwt: a cidade é uma grande capital. Há inúmeros monumentos, aqui construídos pelos nossos antigos Faraós. Deliciei-me com algumas histórias tecidas entre eles e os nossos antepassados.

Aquelas que mais me impressionaram diziam respeito ao nosso grande Faraó Amenófis III. Contam que ele era ainda um pequeno príncipe quando foi ensinado pelo seu pai, Tutmés IV, a atirar de arco e flechas e, muito cedo, ele aprendeu a montar. Dizem ainda que era um adolescente inquieto e que circulava em rápidos cavalos, fazendo correrias ao redor de Mênfis, chegando até as pirâmides de Gizé. Ele adorava, em criança, brincar de esconder nas areias da grande esfinge. Na época, completamente coberta por elas.

Há uma história importante sobre isto. Um dia, cansado de esperar pelo príncipe, o Faraó Tutmés IV caiu no sono, aos pés da esfinge. E sonhou que ela prometia transformá-lo em um poderoso soberano do Alto e Baixo Egito, caso a libertasse das areias que a cobriam. Ele ouvira da própria majestade deste deus nobre, Kefrem, sob a forma de esfinge, como um pai fala com seu filho, que pedia:

– Olha para mim, observa-me, meu filho Tutmés. Sou teu pai Harmaquis-Rá-Atum. Eu te darei o reinado sobre a terra dos vivos. O Governo do Alto e Baixo Egito. Eis que minha condição é semelhante à da doença: todos meus membros sendo arruinados. A areia do deserto, sobre a qual eu costumava estar, agora me confronta; e é para fazer com que tu faças o que está em meu coração que eu esperei.

E, assim, Tutmés liberou a cabeça e o peito da esfinge e ainda construiu um muro para protegê-la da vinda de mais areia. Ele levantou uma pedra, isto é, construiu uma estela, que mandou colocar entre as pernas limpas da esfinge, com o seu nome: Primeiro ano de Tutmés IV, XVIII Dinastia. *Com tal feito, legitimava a sua eleição divina pelo deus. Isto, de fato, aconteceu. Eu visitei a esfinge e li o que dizia a estela!*

Quando soube das proezas do príncipe, futuro Amenófis III, lembrei-me de ti, Merit, do teu encorajamento nas minhas primeiras aulas com Hórus e do grande medo que eu sentia.

Merit interrompeu a leitura para rir um pouco, deliciada com a carta. Ela pensava no espanto de Butehamun quando ele soubesse que ela tinha voado no lombo de uma égua prenhe que a fora buscar na *Per Ankh*. Que saudades sentia daquele querido companheiro!

Continuou lendo a missiva que Butehamun, a partir daí, intitulava de *polêmica*, muito semelhante a outras que ele encontrara nos arquivos das estrebarias reais, o seu novo local de trabalho. O seu posto, sabia bem agora, intitulava-se *Chefe Escudeiro e Escriba das Cavalariças Reais*. A sua função era dupla: a primeira era ensinar aos escribas, em campanhas de guerra, os procedimentos para orientação dos soldados nas atividades do percurso e das batalhas. E a segunda consistia em enviar, periodicamente, escribas espertos para controlar se as suas determinações estavam sendo cumpridas.

Esta será a parte mais difícil, Merit, porque esses funcionários andam muito cheios de si, são ignorantes e descuidam de suas obrigações.

Na viagem de barco, o Vizir do Norte solicitou-me para ser cortês com os escribas nos postos de comando militares. Em tom confidencial, ele me contou que fui escolhido entre uma dezena de candidatos, porque recebi muitos elogios sobre a minha conduta e indicações pela gentileza do meu trato com os subordinados.

Eles me testaram muito, Merit. Lembra da minha participação na reunião do Vizir em Tebas? Eles me observaram lá, inclusive notaram minha sabedoria em omitir o descontentamento com o Kenbet de Deir el Medina. Todos elogiaram também minha postura ética com relação ao julgamento das vontades de Naunakhete, a viúva, mãe de oito filhos.

As minhas cartas, segundo meu entendimento das palavras do Vizir do Norte, uma vez enviadas aos que esperavam respostas, seriam multiplicadas e mandadas as Per Ankh do Egito para servir de modelo aos aprendizes de escribas. No mínimo, oitenta delas serão enviadas a Deir el Medina, pelo que ele me informou.

A primeira carta que me esperava, quando cheguei a Mênfis, veio da fronteira da Síria. Fiquei estarrecido, quando comecei a leitura. Sabia, agora, que na Corte do Faraó não se admitia que os Escribas Reais fossem grosseiros com os militares, porque estes já sofriam muito por estarem fora do

Egito, passando, muitas vezes, fome e perigos de toda ordem. Mas o que se devia fazer quando as grosserias e a arrogância vinham dos próprios escribas militares?

Logo identifiquei o perfil do meu correspondente: um homem jovem, pouco experiente nas atividades que exercia e, talvez, por esta razão, bastante agressivo. Seu nome era Herihor. Depois de ler várias vezes o seu texto e de me socorrer nas dúvidas que fiquei na consulta dos inúmeros papiros disponíveis na coleção da sala ao lado da minha sobre os temas que identifiquei, na missiva, decidi dividir a resposta em três partes, que copio para ti:

Prólogo

Iniciei a resposta com uma longa saudação, Merit. Busquei exibir o meu conhecimento erudito dos ritos mortuários, dos deuses e dos procedimentos cerimoniais. Sabes que esta é uma forma também de homenagear a quem recebe a carta, é um traço característico dos textos eruditos dos escribas.

Confesso, ainda, que quis mostrar para ele como sei iniciar corretamente uma missiva, ao mesmo tempo em que ele apenas demonstrou sua rudeza e ignorância das normas dos escribas, ao omitir tais cumprimentos na carta que me enviou. Ficou claro o caráter didático explícito que busquei dar, formalmente, denunciando a falta das saudações iniciais naquela carta.

Resolvi contar-lhe sobre as minhas circunstâncias, quando recebi a carta dele. Buscava, com isso, conquistar um pouco de simpatia. Mas não sei se consegui. Você pode julgar o que achou da minha iniciativa:

A tua carta alcançou-me numa hora de repouso, teu mensageiro encontrou-me sentado junto aos cavalos que estão aos meus cuidados. Exultei, fiquei contente e me preparei para responder. Entrei no meu alojamento para examinar a tua carta. Entretanto achei que ela não era de elogios, e, sim, de insultos: as tuas frases confundiam isto com aquilo, todas as tuas palavras eram desconexas e não estavam interligadas...

Eu não desejava ser tão grosseiro com ele, Merit! O inusitado desta situação específica começou quando constatei as características da carta recebida. De imediato, senti-me indignado com a falta de consideração e de reconhecimento ao meu posto e trabalho. E tive que perguntar:

As tuas frases não são doces e não são amargas; tomaste fel misturado com mel, tomaste mosto misturado com vinho?

Longa narrativa

Ao buscar o foco da nossa correspondência, procurei saber por que Hori não enviou os grãos para os soldados a seu serviço, conforme solicitado pelas Estrebarias Reais. Em lugar disso, ele mandou uma carta ofensiva, que nada esclarecia sobre o assunto das sementes.

Tive dificuldade para o entendimento da resposta que ele deu por duas razões basicamente: a falta de objetividade das sentenças e a péssima caligrafia, pois os signos demóticos estavam soltos, sem ligaduras, de forma que a leitura não fazia sentido. Aprendi a ser paciente com erros e falhas, mas a carta deveria, pelo menos, responder ao que fora solicitado.

A seguir, acusei Herihor de me desconhecer como um escriba das Estrebarias Reais, escolhido pela minha competência e meu histórico de bons serviços atendidos.

Em contraposição, eu tinha pesquisado a história dele, Herihor, identificado seu nascimento em Abydos, local da sepultura do deus Ptah, que ele dizia ser o seu protetor, visitado sua Per Ankh, conhecido seus professores e alguns colegas. Ele, sem saber nada de mim, não hesitou em me tratar mal!

Merit respirou fundo e prosseguiu a leitura:

Por estas evidências, eu sabia que Herihor não teria competência para escrever sozinho a carta que ele me enviara. Identifiquei protetores atrás dele: em quatorze colunas de uma listagem, cada uma feita por escribas diferentes.

Também não o perdoei, Merit, quando descobri, nos relatórios antigos, arquivados na biblioteca, que ele fora acusado de suborno, sendo pego implorando a escribas que o ajudassem, oferecendo presentes.

Mesmo com esta ajuda provável, ele apresentou listagens malfeitas e sem o selo do Superintendente de Celeiros, que é obrigatório após cada distribuição de grãos para registrar e oficializar a operação. Tais falhas são inadmissíveis, Merit. São da responsabilidade do escriba a serviço do exército!

Lembra do nosso professor de literatura? Thot Ankh? Que nos fazia ler e decorar tantos textos? Nenhum deles está citado na carta deste Escriba do Exército! Por meio dela, nada se tem para avaliar a sua qualidade literária. É muito superficial a sua escrita.

Sem entender, questionei a razão de tudo isso e exortei o colega a ter mais simpatia com os seus superiores:

Por que então existe horror por mim em teu coração?

Quando cheguei na parte da carta em que ele apresentou os seus cálculos matemáticos para a criação de um lago, de uma rampa e de um obelisco, fiquei assustado, Merit. Refiz todas as contas e constatei que havia erros terríveis nelas e sequer as medidas dos grãos ele sabia como fazer.

Não pude evitar e voltei ao tom acusatório:
Te escrevi com lealdade e tu colocas meus dedos no cepo do açougueiro? Verificas que os soldados são numerosos e as provisões insuficientes para os recrutas. No entanto eles já estão no acampamento, registrados. E não tomas nenhuma atitude?

Como dizes que:

Os beduínos ficam olhando furtivamente: que escriba sábio, eles dizem. Entretanto chega o horário do meio-dia e o acampamento está ardendo. Reclamam que é hora de partir. Há pela frente uma longa marcha. Todavia eles não recebem nenhum pão e constatam que já estão longe dos quartéis noturnos egípcios, e questionam o significado dos maus tratos e reclamam: sois um escriba inteligente, venha nos dar comida!

Merit fica horrorizada. Esta situação pode provocar a destruição da administração dos Ramsés, será um caos se o Faraó conhecer tal circunstância. E Butehamun parte novamente para reclamação:

Tua carta abunda de palavras afiadas; é cheia de palavras grosseiras. Eis, ela se compensa com quesitos. Carrega-te à tua vontade. Eu sou um escriba, um *maher*. Retira as palavras! Digamos: se há verdade naquilo que disseste, vem para fora, dai-nos a prova.

Mostrei que Herihor não tem nenhum conhecimento da Síria. Solicitei novo desafio para ele:
Um cavalo foi encilhado para ti, veloz como um chacal, de orelhas ruivas, que é como uma tempestade de vento quando sai. Solta as rédeas, toma do arco e vejamos o que saberá fazer a tua mão.

Butehamun prossegue na longa carta afirmando que Herihor não tem nem a destreza nem o conhecimento necessário para a posição de guerreiro *maher* que ocupa, para marchar à frente do exército:

Em primeiro lugar, este deve ter um excelente conhecimento sobre os países vizinhos do Egito. Porém Herihor nunca fez expedições para Qadesh, nem à região dos beduínos com as tropas do exército. Não foi a nenhuma parte do Líbano, onde o céu é escuro de dia, pois está plantado de cedros, de carvalhos e de abetos que alcançam o céu. Os leões lá são mais numerosos do que as panteras; há ursos e um cerco de beduínos em sua estrada.

Que situação é essa, Herihor? Que atitude deve ser tomada?

Butehamun cria uma situação fictícia. Faz o interlocutor imaginar que, ao acordar, na hora de partir, a noite é pavorosa.

Estás só ao amarrar o cavalo; o irmão não vem para o irmão; um predador entrou no acampamento, o cavalo foi solto; o predador voltou atrás na noite e roubaram todas as tuas roupas. O teu valete acordou e viu aquilo que o predador fez, pegou o que sobrava e se juntou aos malfeitores, uniu-se às tribos dos beduínos e se fez à maneira de um asiático.

Ora, estás furioso por aquilo que te disse porque te pus à prova em todas as funções, Dhutmose, meu pai, ensinou-me, e ele sabia como instruir milhões de vezes; eu sei como segurar as rédeas mais que tu, que não és capaz.

Não há nenhum bravo que possa comparar comigo e eu estou iniciado nos segredos de Montu, o deus da guerra!

É muito justo aquilo que sai da tua língua, mas as tuas frases são muito fracas. Vens a mim envolvido em confusões. Cheio de erros. Escancaras tuas palavras como elas se apresentam, não te dás ao trabalho de burilá-las. Perdura naquela direção, apressa-te e não cairás. Como ignoras o fato de ter chegado? De que maneira acabará?

Merit fica impressionada. Expressando um conhecimento extraordinário sobre a geografia do local, Butehamun pergunta pontualmente sobre a zona de *Megiddo*. Ele determina como um *maher* deve marchar na frente do exército e propõe uma situação de perigo, minuciosamente descrita:

O desfiladeiro está infestado de beduínos escondidos sob os arbustos. Há os que medem quatro ou cinco côvados da cabeça aos pés, com caras ferozes, com coração não doce e que não escutam gentilezas. Tu estás sozinho, não tens auxílio contigo, não há um exército atrás de ti, não encontras um guia que te permita passar a zona.

Decides marchar para a frente, muito embora não conheças a estrada. Os calafrios te tomam, os cabelos da cabeça se eriçam, tua coragem está em tuas mãos. Tua estrada está cheia de rochas e pedras, não há um traçado transitável, pois está cheio de galhos de arbustos com espinhos.

Abrevio o final de tua carta, respondendo aquilo que disseste. Os teus discursos estão reunidos em minha língua. São como as palavras de um homem do Delta com um de Elefantina.

Retiro-me, eis, sou justo. Curva-te, deixa pesar o teu coração e que ele seja calmo. Não te irrites.

Finalmente, Butehamun conclui sua missiva:

Querida Merit, estou exausto por te escrever tantas loucuras que o Escriba do Exército teve a coragem de me enviar. Cortei outras tantas, como os perigos que os asiáticos representam no caminho do Exército do Faraó!
Merit, por esta carta podes te informar dos graves problemas que o Egito enfrenta: a má formação dos escribas, consequentemente o mau desempenho, o suborno e a corrupção nas funções mais importantes que eles têm; a defesa contra os nossos inúmeros inimigos externos, o roubo e desvio dos alimentos e bens enviados para a subsistência do nosso valoroso exército. Coroando tudo: a fraqueza do nosso Faraó Ramsés III para pôr um fim a este estado de coisas.

Muitos beijos, minha querida.
Não te apresses em responder!
Estou viajando para o Oriente na comitiva do Vizir do Norte.
Eles te mandarão notícias minhas e da minha missão!

X. MATERNIDADE

... e disse Ísis: não seja forte em seu ventre, pois seu nome é de um homem poderoso. A criança caiu entre seus dois braços; uma criança de um cúbito, de ossos fortes, membros cobertos de ouro e seu adereço de cabeça de verdadeiro lápis-lázuli.

Papiro Westcar

Merit acordou decidida a consultar os *sunu* do Templo de Sekhmet. Ela andava lenta e preguiçosa demais. Por isso, desconfiava que havia algo errado com o seu organismo.

Foi muito bem recebida por Irtisens, o sacerdote principal, a quem conhecia pelas diversas vezes que fez doações ao Templo, desde que foi viver com Butehamun. Ele tomou o seu pulso, observou a cor da sua pele e dos olhos, bem como a sua propensão para o vômito. Três sinais básicos de boa saúde. Depois de examiná-la cuidadosamente, o sacerdote deu-lhe os parabéns, estava saudável e grávida.

Estudiosa, Merit lembrou-se do mito de Heliópolis, a cidade do sol, que explicava que Nut, a deusa do céu, engolia o sol todas as noites, para dar à luz novamente todas as manhãs. Esta imagem de criação era linda e fazia parte da vida de todos os egípcios, inclusive da sua. Sentiu-se parte do mito e ficou emocionada.

Lembrou-se, também, de um papiro médico que o Mestre Thot Ankh pediu a ela para ler. A escrita cursiva do velho reino tomou-lhe muito tempo para decifrar, mas precisou fazê-lo por ser a única mulher do grupo. As instruções de Any, que ela sabia de cor, pouco diziam sobre gravidez, mas informavam da importância da maternidade:

Retribui em dobro a comida que tua mãe te deu.
Sustente-a como ela te sustentou;
Ela teve um fardo pesado, mas não o abandonou
Quando, alguns meses depois de teu nascimento,
Ela ainda o tinha como sua canga.
Seus seios em tua boca por três anos.
Como crescias, teu excremento ficava nojento,
Mas ela não se enojava, dizendo: o que podemos fazer?

A chegada do bebê, que os egípcios chamam de *entrega*, acontecia em um ambiente especial, numa estrutura distinta da residência denominada *pavilhão de confinamento*. Havia alguns na comunidade, que atendia a todos. A decoração destes lugares era linda e especial, com hastes de papiro formando as colunas decoradas com plantas trepadeiras, que podiam ser videiras. Às vezes, guirlandas eram penduradas nas paredes, erguidas de forma clara e específica no ambiente novo, caso fosse construído na casa da parturiente para atendimento particular, de imediato, antes do confinamento. Neste caso, suas paredes seriam constituídas de plantas e o telhado por uma esteira. Merit desejava que fosse possível fazer isto para a *sua hora*, mas não teriam espaço no pátio, lamentavelmente.

Merit sabia que o atendimento às gestantes era, em geral, considerado uma profissão apenas feminina; ela lembrava que não havia homens em nenhuma das ocasiões em que participou.

Voltou muito feliz, com sua criança no ventre, que era muito bem-vinda e esperada, há dez anos. Chegando em casa, foi correndo procurar sua cesta de mágicas. Nela havia uma que dizia o que devia ser feito para discernir o sexo de uma criança, ainda no ventre. Adoraria ter uma menina. O texto mágico explicava:

Você deve colocar trigo e cevada em bolsas de pano,
A mulher deve jogar água nela, todos os dias.
Se ambos germinarem, ela dará à luz.
Se o trigo brotar, ela dará à luz um menino.
Se a cevada germinar, ela terá uma menina.
Se nada brotar, ela não vai dar à luz.

Resolveu que, no dia seguinte, visitaria sua sogra, que tinha se tornado mãe recentemente e poderia dar-lhe alguma indicação sobre quem procurar para acompanhar sua gravidez, pois estava sozinha, longe dos pais e do companheiro.

Na carruagem, rumo à casa dos parentes, perguntou sobre a égua, lembrando que ela estava prenhe quando foi buscá-la na *Per Ankh*. O escriba auxiliar ficou contente com o seu interesse pelo animal:

– Está muito bem, amamentando o seu filhote, que é uma fêmea. Quer saber como a senhora chamará a filha dela, que será sua companheira por toda a sua vida, para guiá-la e conduzi-la para onde desejar.

Merit ficou emocionada com o presente inesperado e as lágrimas brotaram copiosamente dos seus belos olhos. Respondeu de imediato:

– Gostaria que ela se chamasse Hathor, a deusa da festa, da alegria e do amor!

O *itef* de Butehamun esperava por Merit no portão, altaneiro e cheio de saúde. Junto a ele estava Ken-Amun, seu filho mais velho com a segunda esposa, que tinha cerca de dez anos. Este, imediatamente, curvou-se perante ela. Eles se reconheceram como aluno e mestra. Foi um riso de alegria de ambas as partes! A seguir, caminhando ainda meio desajeitada, aproximou-se *Senet-nay*, a garotinha de dois anos e alguns meses. Por último, elegante como sempre, a sua jovem sogra.

O ambiente estava festivo. Diversos aromas espalhavam-se pela sala. De flores e do chá, que já estava em uma grande jarra de cerâmica azulona em cima da imensa mesa, cercado pelos bolos de aveia, trigo e frutas secas, próprios do cotidiano. Merit sentiu-se em casa e suspirou de felicidade.

Shenendua entregou-lhe um recipiente de alabastro com o formato de uma mulher grávida agachada, que continha um óleo especial e explicou:

– Deves usar este óleo diariamente, antes de dormir. Massageia bem o teu ventre. Ele é feito para evitar estrias e para facilitar o próprio parto.

A conversa fluiu e muito foi falado. O mais importante era, de fato, uma grande novidade: ela e Butehamun mudariam da casa, na Vila, para a área em que o *itef* residia, um pouco mais distante do centro administrativo de Deir el Medina. O terreno tinha sido ganho pelo *Itef*, pelos seus longos anos de trabalho na administração urbana de Tebas a serviço do Faraó e pela sua participação nas guerrilhas, nos desertos e na Núbia.

Quando Merit já estava começando a se despedir, uma belíssima moça irrompeu na sala. Era a *senet*, irmã da *neb Peret, a senhora da Casa*. Expansiva, cheia de joias, a garota pediu que ela ficasse mais um pouco, pois queria notícias de Butehamun.

Cortês, Merit falou pela primeira vez, naquela tarde, sobre o trabalho pesado que coubera a seu marido. Todos se interessaram, em especial, Dhutmose. A *senet* serviu-se de bolos duas vezes, repetiu o chá e, finalmente, lançou sua flecha envenenada:

— Me contaram que no Palácio Real só trabalham as mais charmosas e habilidosas servas, selecionadas e trazidas da Síria e da Fenícia para costurarem roupas luxuosas. São treinadas, ainda, para fazer as vontades dos altos funcionários, como os escribas. Para eles, cantam, tocam harpa, dançam e viajam com eles, como se fossem suas esposas...

Merit levantou-se subitamente! Pela primeira vez, sentiu que sua barriga estava pesada. Na saída da casa, no jardim florido e cheiroso, o sogro contou-lhe, em segredo, que estava tentando trazer seu filho de volta a Tebas e sussurrou:

— Da Corte, os escribas sem padrinhos só saem para morrer.

Na volta para sua casa, ela se queixou para o escriba condutor do mal-estar que sentia. Precisava desabafar com alguém.

– Lamento! Irá a *Per Ankh* amanhã? Perguntou.
– Sim, respondeu ela. Vou lhe esperar.
Ele disse tristemente:
–Não serei eu a buscá-la. Fui convocado pelo Vizir de Tebas para compor sua comitiva para Mênfis. Devo viajar cedo.

Merit lamentou sua partida. Emocionada, não se conteve diante do olhar carinhoso do jovem escriba e questionou:

– Você poderia entrar na casa comigo?

Merit sabia que seu convite tinha um tom malicioso. Havia um poema popular, que ela sabia de cor, que dizia: *Alegria quando ele chega e encontra o portão da casa dela aberto. E ela o convida para entrar.*

Merit ficou feliz que ele aceitou.

Subiram para o aposento avarandado de cima, que era o mais agradável. Ela acendeu algumas velas e queimou incenso. Depois, comeram bolos de frutas secas e tomaram um vinho precioso, *de origem especial*, presente do *itef* de Butehamun.

No dia seguinte, ela lembrava vagamente que o escriba tinha tocado harpa e cantado músicas suaves para ela, até acalmá-la. Era necessário, pois a conversa da irmã de sua sogra fora muito agressiva. E ela ficara bastante perturbada. Merit não notou a saída do escriba, já tarde da noite, sob um lindo céu estrelado.

Acordou descansada e feliz. Alimentou-se bem, pegou o material selecionado para a *Per Ankh*. Ao sair conheceu o condutor, que chegou pontualmente. Ele era mais sério que o anterior, de poucas palavras, mas sabia bem o caminho. A viagem foi tranquila.

Na *Per Ankh* foi recebida com alegria pelas crianças e pelo seu, agora, parente, Ken-Amun, que se revelou um aluno muito aplicado.

Ela escreveu na parede, em hieróglifos. Os alunos gritaram que sabiam ler apenas o demótico, mas ela, vagarosamente, desenhou os símbolos, um por um, e leu com eles, explicando o significado de cada uma das imagens do título do conto:

Djed M Ankh
DJED – representa o pilar de Osíris que, vocês sabem, é o emblema de nosso deus mais poderoso.
A repetição deste símbolo significa que ele é MUITO poderoso.
A CORUJINHA significa uma preposição, como há em toda linguagem. Neste caso, significa NA.
ANKH – significa VIDA.
O título: MUITO FORTE NA VIDA.

Era um mago que ficou muito famoso pelas proezas que fazia. Vou contar uma que ele fez para um Faraó importante, que viveu há muitos anos: o construtor da maior pirâmide de Gizé.

Era uma vez, há muito tempo, um Faraó, Quéops, que ficou, de súbito, muito triste. Ele corria de lá para cá pela Residência Real, procurando algo para se distrair e nada o tirava daquela sensação de melancolia.

Os filhos e os vassalos estavam muito preocupados com ele. Até que alguém deu uma ideia: vamos chamar o mago *Djed M Ankh*. Ele tem solução para todos os problemas.

O mago foi. Ele era bem velhinho. Tinha a barba comprida e branca. Levava na mão um feixe de papiros verdes e na outra um lindo pilar de Osíris de faiança azul, que sacudia dizendo:

Seneb, seneb, seneb – saúde, saúde, saúde para todos!

Tomou o Faraó pelo braço e o levou a caminhar, conversando amistosamente. Deram várias voltas no jardim. Por fim, o mago se voltou e disse:

– Tenho a solução para o problema do Faraó. Vou dizer o que deve ser feito:

– Construir um lago nos jardins do palácio;

– Construir um barco;

– Escolher quatorze remadoras jovens e bonitas, vestidas com túnicas leves;

– Levar o Faraó para navegar no lago.

Assim foi feito. O Faraó ria de felicidade e exalava alegria. As belas remadoras, com roupas leves, mostravam suas belezas! De repente, elas pararam de remar.

O Faraó perguntou:

– Por que pararam de remar?

A remadora-chefe respondeu:

– É que Iset perdeu o seu berloque de turquesa azul, novo, que caiu na água do lago.

– Ora, ora, diga para ela remar que eu lhe darei outro berloque de turquesa azul novo!

A chefe das remadoras respondeu:

– Nós sabíamos disso, majestade. Falamos para ela, mas ela disse que queria o seu próprio berloque!

O rei entrou em crise, novamente, se abateu e começou a chorar! Depois, como que tomado de uma chispa divina, gritou:

– CHAMEM DJED DJED M ANKH!

O mago foi. Chegou tranquilo e ouviu toda a história. Fez um gesto com sua varinha mágica e separou o lago em duas metades. Lá no fundo, jazia o berloque de turquesa. O mago correu para pegá-lo e o entregou para Iset, que o colocou novamente no pescoço. A chefe das remadoras deu o sinal e elas reiniciaram o passeio sob o riso e palmas de Quéops.

O mago e as remadoras ganharam muitos presentes do Faraó, que se sentia, agora, muito feliz e agradecido a todos.

A turminha dos alunos também estava alegre. Alguns tinham conseguido copiar todos os hieróglifos e outros ainda estavam terminando a lição. Merit olhou, um por um, os exercícios de cópia. No final, pediu que levassem suas almofadas para o centro da sala, formando um círculo, e perguntou:

– O que acharam do conto?

Ouvia-se muitas vozes em resposta, mas Merit pediu que falassem um de cada vez:

Uma menina falou:

– As remadoras tinham muito poder.

Ken-Amun respondeu:

– O Faraó era poderoso e queria o seu prazer, por isso se submeteu às exigências de uma simples remadora.

Merit continuou:

– Notaram como o conto tem palavras repetidas? Isto é porque foi escrito no princípio da criação dos hieróglifos. A repetição era para dar ênfase a alguns fatos, como, por exemplo, a importância do berloque de turquesa da menina. Também a determinação dela para fazer valer a sua vontade.

Ela parabenizou os garotos pela interpretação do conto, que mostrava dois lados do problema político do Egito. O excessivo poder do Faraó, a quem todos tinham que atender imediatamente, e os seus desejos, que poderiam ser de cunho egoísta, como foi o de Quéops.

Merit evitou comentar o caráter preconceituoso e masculino do conto, pelo qual ela, em particular, estava, de fato, incomodada.

XI. ATENTADO

Minha alma é Deus, minha alma é eternidade.
Papiro de Any

O mundo de Butehamun e Merit estava muito diferente de quando eles se separaram, no momento da viagem dele para Mênfis.

Para Butehamun, a prioridade era a luta pela sobrevivência; vencer as dificuldades e obrigações crescentes do trabalho. Sofria ainda tentações carnais, desconhecidas para ele até aquele momento, no próprio ambiente diário no palácio. Havia uma cantora síria que, por diversas vezes, entrara no seu quarto depois que ele se recolhera, à noite, com pretextos os mais variados. Algumas vezes, ele precisou ser rude e mandá-la sair. Entretanto, ultimamente, ele chegava a desejar que ela desobedecesse às ordens e ficasse. Perturbava-se com esses pensamentos. Chegava até a perder o sono e se levantar mal dormido e mal-humorado. Isto não era da sua natureza. Estava com receio de se tornar semelhante aos homens importantes da Corte que preferiam as dançarinas às suas esposas.

Por seu lado, Merit sentia crescer o ventre e pensava, com muita frequência, na perspectiva da mudança de casa, com que o *itef* de Butehamun acenara. A teia de amizades que ela tecera, em dez anos de vida na Vila, era forte; na área da nova moradia, ela apenas conhecia alguns membros da família. Por instantes, a imagem de Ken-Amun, seu aluno e filho de Dhutmose, chegava à sua mente e ela se corrigia:

– Minha adorada Meretzeguer, obrigada por lembrar do meu novo amigo! Acredito que serei feliz na nova *pere*, a casa. Ele vai me ajudar a vencer a solidão.

Merit subiu até o terraço que, para ela, era a parte mais importante da casa. No baú de madeira trançada e leve do Oriente, pintado com flores exóticas de cores rosa e amarela de um país distante, estavam guardados os seus materiais de aula. Procurou avidamente e encontrou o lindo desenho que o seu amado mestre da *Per Ankh* de Mênfis dera-lhe como presente de encerramento do curso: uma imagem muito bem-feita, colorida, do mais bonito monumento que ela já tinha visto: a esfinge de Gizé, um enorme corpo de animal com a cabeça do Faraó Quéfren.

Lembrou-se, de imediato, de Butehamun, que também visitara a esfinge e lhe contara muitas coisas sobre ela na sua primeira carta, após assumir o cargo na Corte. Queria ter notícias dele, porque sentia uma falta, cada vez maior. A sensação que tinha era de que sua barriga e as saudades do *itef* do bebê estavam crescendo juntas.

Merit sabia, através dos desenhos do seu mestre, que os artistas criaram muitas esfinges magníficas portadoras de cabeça humana ou de animal. Por vezes, os seres eram tão complexos que pareciam realmente existir. Algumas criações aterrorizavam mais pela representação de partes de animais sabidamente ferozes, que tocavam nos sentidos das pessoas, do que pela imagem ou qualidade da obra.

No caso da esfinge de Gizé, isso não era assim. No planalto onde ela se erguia, guardando o segredo das pirâmides, a colossal esfinge olhava eternamente para o Oriente, sobre o Vale do Nilo. Ela parecia ter nascido com a Terra.

Para os seus alunos, Merit já ensinara que as esfinges eram chamadas de shespankh, o que significava estátua viva. Esta expressão, no entanto, era mais utilizada para a situação em que o corpo de leão estava encimado por uma cabeça masculina. Não caberia para uma esfinge com cabeça feminina. Mas, como a esfinge de Gizé era a maior e, com certeza, uma das mais antigas, o uso desta palavra permaneceu para todas.

Ela foi esculpida por ordem do Faraó Quéfren, como guardião das galerias ocidentais, os caminhos que levavam para onde iam o sol e os mortos, conduzidos pela vaca sagrada, Hathor. Com o tempo, as areias cobriram todos esses caminhos.

Coube a Tutmés IV, oitavo Faraó da XVIII Dinastia, conforme aprendera e decorara na Per Ankh, limpar as areias que cobriam grande parte do monumento, para abrir os caminhos, como Butehamun tão bem explicara na sua carta.

Merit deu por terminada a pesquisa e passou a desenhar os exercícios. Admirava aquele grupo de alunos, que já começava a ler e a escrever pequenos textos em hieróglifos.

Leu os vinte papiros em palimpsesto com os exercícios de hieróglifos, que eles fizeram, para corrigir seus erros.

Este aprendizado era muito lento. Tomou o pincel de tinta vermelha de sua paleta e, calmamente, assinalou os erros e as faltas encontradas no texto sobre o náufrago, que eles tinham lhe entregue.

Lamentou que os papiros usados foram reutilizados, porque o tema estava tão bem-feito que poderia, até, enfeitar as paredes das casas das crianças. As imperfeições do material desestimulavam este uso.

Uma batida forte na frente da casa, bem como o relinchar de cavalos e o rumor de cascos no chão de pedregulhos, fizeram a serva correr para a porta. Na ansiedade, ela derramou a jarra de barro com o chá que ia levar para Merit. Não teria precisado, porque a *nebet per* também ouvira os barulhos e prontamente descera as escadas.

Quando viu os três oficiais uniformizados com as vestes do Palácio Real, montados em animais excelentes e caros, Merit estremeceu.

– O que aconteceu com Butehamun? Gritou.

O oficial superior desmontou, fez uma reverência de saudação e disse:

– Nosso Chefe das Estrebarias Reais está passando bem, porém está se recuperando de um ferimento provocado pela covarde agressão de um espião sírio.

E contou tudo ali mesmo, como se quisesse logo livrar-se da missão:

– Ele apeara de seu cavalo e estava atrás de um de seus cavalariços, que tinha encontrado marcas recentes de animais com cascos ferrados de forma diferente, sugerindo pertencerem a grupos inimigos.

– A ideia de Butehamun era avaliar a denúncia, mas seu cavalariço estava mancomunado com os sírios, que pretendiam enfraquecer a frente egípcia através do assassinato do seu líder e forçar o retorno das tropas para Mênfis.

— Atraí-lo para longe das fileiras de seus comandados fazia parte do plano dos rebeldes para consumar o atentado. Eles aguardavam escondidos atrás das dunas do deserto. Butehamun seguia o soldado por uma estrada com muitas rochas e pedras, sem um traçado transitável, pois estava cheia de galhos de arbustos com espinhos. À direita deles havia um precipício formado por altos morros de pedra calcária.

— A tragédia foi evitada pelo grito lancinante do nosso Chefe, quando foi ferido. Um dos insurretos correra pela lateral do caminho e, num golpe rápido, enfiara quase metade de sua adaga no flanco direito e na parte interna do braço de Butehamun, que estava acocorado, examinando as marcas no chão. Ao perceber o ruído do agressor, levantou-se e girou em sua direção, evitando, por sorte, que a lâmina lhe perfurasse o abdome, o que traria consequências graves e até fatais, mas não impedindo que lhe cortasse parte do braço.

— Estávamos seguindo-o, de perto. Alguns de nós correram para socorrê-lo, enquanto outros foram atrás do bando de assassinos sírios, que estavam em seis. Entretanto, como seguíamos gritando e batendo as armas de ferro nos escudos, eles se assustaram, correram e conseguiram fugir.

— Sem perda de tempo, marchamos celeremente para a capital, tendo à nossa frente uma carruagem, em que nosso Chefe seguiu, confortavelmente, mas gemendo de dor.

— Chegando em Mênfis, imediatamente, procuramos o *sunu* no Templo de Sekhmet, junto ao Palácio Real. Informamos ao Chefe da Guarda do Faraó sobre o acontecido. Depois de duas luas, fomos chamados para sermos informados de que Butehamun estava fora de perigo. Fui, então, designado, para lhe trazer esta notícia. Sabíamos do seu estado de gravidez adiantada e queríamos evitar um susto desnecessário, por isso esperamos o veredito do tratamento do *sunu*.

– Conforme pedimos a todos os deuses de Heliópolis, Osíris e Ísis, principalmente a Ptah de Mênfis e às divindades desta vila, Meretzeguer e Bês, ele está a salvo!

Quando os oficiais foram embora, Merit, ainda atordoada por tudo aquilo, chamou o escriba novo, com sua carruagem, e se dirigiu ao Templo de Meretzeguer com oferendas de muitas coisas boas para os sacerdotes e as famílias que eles ajudavam. A serva pediu para ir junto, porque também desejava agradecer o restabelecimento de seu senhor.

No caminho, Merit ia relembrando a tarefa que realizara para o *Thot Ankh*, na *Per Ankh*: uma pesquisa sobre esta deusa. Os seus estudos a fizeram ainda mais devota da deusa-serpente. Emocionou-se ao lembrar da inocência e da fragilidade do seu amado que, quando criança, tremia ao entrar no recinto da divindade.

Já pelo significado do seu nome, Meretzeguer se tornava cativante: *a que ama o silêncio* ou a *amada pelo silêncio*. Ela é representada como uma simples serpente, um *ureus* com cabeça de mulher ou, por vezes, um escorpião com cabeça feminina. Pela sua importância no panteão egípcio, ela podia portar um toucado com o disco solar e os chifres de Hathor, a deusa-vaca.

É uma das deusas tebanas mais antigas e, durante o período da hegemonia da família dos Dhutmoses como

Escribas da Tumba, tornou-se a mais importante. Conta a lenda que ela, então, passou a viver junto às necrópoles de Tebas, nos Vales dos Reis e das Rainhas, acreditando-se que atacava os ladrões. Neste sentido, os habitantes de Deir el Medina a chamam de *Dhenet Imentet*, a *Montanha do Oeste*.

Importantes também são as histórias sobre o caráter da deusa justa, que adquiriu com os tempos, sendo até ambíguas. Características que aterrorizam os trabalhadores de Deir el Medina pela possibilidade de cegueira ou de picadas venenosas, caso mintam ou cometam crimes – sofrerão castigo, mesmo que arrependidos.

Entrar no templo de Meretzeguer significa, para os crentes como Merit, penetrar no espaço universal da vida, porque esta é a certeza que a religião dá. Os templos são considerados como uma espécie de minimundos privados, onde se ouvem e respeitam os desejos do seu deus principal.

Logo que deu os primeiros passos, em meio às arvores floridas e às colunas de papiro, Merit foi abordada por uma jovem sacerdotisa que a afastou de sua serva e levou-a para um recinto fechado por cortinas de folhas de palmeiras.

Em cima de uma mesa de madeira esculpida com imagens de Meretzeguer, havia uma grande pirâmide de vidro e, por trás dela, a mais linda sacerdotisa que Merit jamais vira, com longos cabelos azulados, olhos muito verdes, jovem e muito sorridente. Cabelo azul é manifestamente um símbolo de divindade na arte egípcia, como ela sabia. Redobrou sua atenção sobre a sacerdotisa.

– Recebi uma mensagem de Meretzeguer, disse a linda jovem à Merit. Avisou-me que virias.

E passou à leitura das palavras em hierático que estavam dos lados da pirâmide, onde uma vela foi acesa:

– Vais receber hoje a visita de Merit, supervisora das Escolas de Deir el Medina. Ela está próxima da época da *entrega* da filha, que concebeu com Butehamun, Chefe das Cavalariças Reais do Faraó. Deves informar essa jovem, mas madura mãe, sobre o fenômeno que ela está gerando.

Merit ainda estava se recuperando das surpreendentes notícias vindas da Corte sobre seu amado e tonteou com o que ouviu; a sacerdotisa percebeu e mandou buscar chá de hibisco com hortelã, mel e ervas sagradas. Uma poderosa poção que poucos conheciam. De imediato, pelo simples olfato, a visitante melhorou. Ingerindo a infusão, recuperou-se e passou a respirar normalmente.

Deitada nas almofadas macias de tecidos vindos da Síria, Merit abriu seus magníficos olhos escuros e aceitou fatias de um bolo de ameixas com mel, que se revelou delicioso. Fortalecida, voltou a sentar-se no seu lugar.

A sacerdotisa continuou a leitura:

– Merit vai parir, em Deir el Medina, uma menina *Dhwty*, o que significa: uma filha do deus Thoth.

– Seu nome deverá ser Iset e ela terá uma missão ao final do reinado do nosso amado Faraó Ramsés III.

– ...

– Nada mais posso dizer agora.

A linda sacerdotisa acompanhou Merit até uma sala, ainda dentro da mansão da deusa Meretzeguer, e a introduziu em uma espécie de *ilha de ordem* que era, como ela bem sabia, um recinto de distribuição das diversas salas dos templos egípcios. Em meio ao oceano cósmico de caos que é o mundo dos homens, esta peça remetia para os aposentos permitidos às pessoas não iniciadas.

Elas atravessaram muitos átrios com pilonos, pisando em lugares reservados e sagrados, que evocavam as montanhas do horizonte. Passaram por algumas câmaras escuras e outras com discreta iluminação, que foram examinadas pelo olhar atento e curioso de Merit. Finalmente, chegaram a uma grande sala, com janelas altas, que permitiam aos raios solares iluminar o ambiente. Havia dezenas de frascos, grandes e pequenos, de diversos formatos e cores, minuciosamente organizados em longas prateleiras brancas, contendo líquidos, pós e unguentos. Todos estavam rotulados com pequenos textos em escrita demótica, miúda e de difícil leitura.

A sacerdotisa foi lendo, um a um, para Merit, dizendo:

– Os filhos de Toth têm poderes mágicos e curativos. Tua filha vai estudar aqui!

Ela saiu do Templo por um caminho diferente do que entrou, mas encontrou a serva e o escriba esperando por ela, nas sombras de um sicômoro.

Ficou silenciosa na viagem para casa. Tinha muito o que pensar. Precisava descansar e buscar apoio dos deuses Osíris e Ísis, divindades oficiais, protetoras dos núcleos familiares no Egito. Acariciava constantemente o Pilar Djed, que ganhara de Butehamun e que sempre trazia consigo na pequena bolsa de renda, que levava a tiracolo, tecida por sua mãe. Neste dia, todas as divindades conspiraram a favor dos seus entes queridos. Até a sua pequenininha foi mencionada e envolvida no admirável enredo que eles criaram.

Aliás, ela tinha se remexido muito naquele dia, contribuindo para o desfalecimento da sua mãe, no Templo.

XII. LEILA

... cuidado com uma mulher que é estrangeira.
Uma desconhecida em sua vila; não a encare quando ela passa, não a conheça carnalmente, uma água profunda, cujo curso é desconhecido, esta é uma mulher afastada do seu marido. Eu sou bonita, ela lhe diz diariamente, quando está pronta para lográ-lo.

Papiro de Any

Butehamun estava sentado no Jardim do Templo de Sekhmet, em Mênfis. Analisava os detalhes da luta do Príncipe Kamosis contra os Hicsos, narrados em um papiro antigo. Surpreendia-se, a todo momento, com as palavras usadas pelo comandante tebano para ofender e provocar os odiados *heka asut*, os invasores estrangeiros, que reinaram no seu país por cerca de dois séculos:

Ó asiático despojado, teus desejos falharam! Ó asiático vil, que vivias dizendo: eu sou um senhor sem par, junto ao rio Nilo.

Eu deixarei as terras que ocupas desoladas, vazias de gente, depois de arrasar as suas cidades, queimar as suas residências, transformadas em ruínas ardentes para sempre devido ao dano que fizeram nesta parte do Egito, os que se puseram a servir aos asiáticos que agiam contra o Egito, seu senhor.

Neste ponto da leitura, um emissário real entrou na grande sala ajardinada. Butehamun, concentrado no entendimento do papiro, nem percebeu a presença do servo do rei.

O criado, no entanto, vislumbrou o oficial por entre os arbustos de flores cheirosas. Ele vestia apenas uma bata branca de doente. Ficou nervoso ao vê-lo displicente, atirado em meio às almofadas, também brancas, com suas longas pernas peludas esticadas para um banco próximo. Pensou que ele poderia estar ainda doente. Gaguejando, começou a falar em um tom exageradamente alto.

Isto soou mal no ambiente silencioso. Chamou a atenção de outros pacientes adormecidos, que se ergueram, espantados, pois descansavam em um espaço de lazer onde somente se ouviam os trinados dos pássaros.

Estas pessoas, quase em grupo, pasmas, perguntaram:

– O que se passa?

O pobre mensageiro falou:

– Correspondência do Palácio para o Chefe das Cavalariças Reais!

Olhando diretamente para Butehamun, falou mais alto ainda:

– VINDAS DIRETAMENTE DO NOSSO FARAÓ RAMSÉS III!

Agitado com a gritaria, Butehamun pensou em ralhar com o emissário, que demonstrava falta de decoro profissional. Entretanto, desistiu. Optou pelo silêncio. Recebeu a carta e desatou o nó que prendia o papiro. O texto estava redigido em escrita hierática elegante, típica da realeza. Começava com a saudação costumeira:

Ankh wedge seneb
O Escriba Real de Sermaatre Meryamun, aquele que fascinou Rá, o Senhor de Heliópolis, é quem vos escreve. Perante os notáveis do seu Conselho, o Faraó declarou:
Eis a situação do Baixo e Alto Egito.
Em Mênfis a lealdade aos asiáticos se estende até o Delta. Eles puseram suas línguas para fora, todos ao mesmo tempo. Contudo, nós estamos tranquilos em nossa parte do Egito. Mênfis está forte e nós estamos em paz, em nossa parte do mundo.
As melhores terras são cultivadas em nosso proveito;
Nosso gado pasta nos campos do Delta;
Ninguém se apodera do nosso gado;
O trigo emmer *é enviado para os nossos porcos;*
Se alguém vier e agir contra nós, então, sim, lutaremos contra ele!
Em Tebas, há perturbação discreta, revelada por dois arquivos em papiro que narraram e ilustraram o que estava acontecendo lá dentro:
Inúmeras instituições da Vila dos Trabalhadores registraram doações que os Ramsés anteriores haviam feito ao deus Amon de Tebas.
O Templo aparece ali como a potência econômica predominante. Este documento e outros textos mostram uma subordinação crescente do Poder Real ao Poder Divino.
Há testemunhos das dificuldades alimentares: os trabalhadores de Deir el Medina exigem o pagamento de seus salários em espécie a uma administração desatualizada.

Há terríveis rumores sobre uma paralisação de operários! Este acontecimento seria calamitoso e o primeiro desta categoria no Egito.

Diante desta situação calamitosa, está decretada a transferência do Chefe das Cavalariças Reais, Butehamun, para Tebas, onde ele deverá ser nomeado Escriba da Tumba, em lugar de seu pai, Dhutmose, que será aposentado, com honras e salário.

Por sugestão expressa dos Santuários das deusas Sekhmet e Meretzeguer, indicamos como supervisora do novo escriba, Merit, atualmente exercendo tais funções e professora de uma das Per Ankhs, escolas de Deir el Medina, cujas funções ela deve afastar-se.

O selo de Ramsés encerrava a missiva.

Butehamun levantou-se de imediato e se dirigiu ao seu alojamento. Despiu a bata do Templo. Vestiu o uniforme do Exército Real e ordenou ao seu oficial que providenciasse tudo para a volta a Deir el Medina. Pretendia viajar pelo Nilo, em barco confortável. Pediria auxílio ao Faraó. A burocracia era demorada e ele planejava viajar em duas semanas.

O Rio Nilo tinha sido objeto de sua pesquisa na *Per Ankh*, ao final do longo curso. Ele conhecia como ninguém a lamacenta e sinuosa via fluvial. Ao contrário de Merit, ele preferira o estudo de técnicas de navegação à literatura.

O Chefe dos Celeiros Reais sabia da imensa extensão do rio, conhecida desde tempos idos, e considerado, até pelos inimigos, como um dos mais extensos do Oriente. Sua profundidade variava de 16 a 24 côvados e sua largura era normalmente menor do que 1.000 côvados.

Conhecera também os entornos da região de Jinja, ao final da Quarta Catarata, onde até vivera algum tempo em tribos da Núbia. Elas estavam totalmente subjugadas pelo Egito, mas, é claro, sofriam vigilância permanente, porque eram independentes e possuíam guerreiros de primeira qualidade. De forma alguma, no entanto, eles representavam ameaça tão forte quanto à dos últimos tempos, quando seu pai lá estava.

A viagem de Mênfis a Tebas era segura, devido aos capacitados timoneiros que sabiam desviar dos hipopótamos e cujas naus, de convés alto, os deixavam longe dos crocodilos. Os operários faziam uso das cordas de linho, com perícia, o que atestava a maestria na construção naval, pois permitiam o manejo seguro das velas, recurso importante em momentos de hostilidades e combates.

Butehamun estava tão radiante com as novas trazidas pela mensagem faraônica, com a perspectiva de retorno a Deir el Medina, que até se esquecera do braço. Entretanto, sua mão direita perdera boa parte dos movimentos e, com muita tristeza, ele descobriu que mal podia levantar o braço. A ferida da punhalada cicatrizara, mas a dor era ainda grande. Seu maior dilema: como iria escrever? Consolava-se pensando na possível ajuda que teria de Merit.

A luz opaca daquele final de dia dava-lhe a esperança de um novo amanhecer, quando Butehamun encontraria forças e meios para se comunicar por escrito.

A viagem levava cerca de quinze dias. Deveria pernoitar nas dezesseis localidades nas margens do Nilo, porque à noite a navegação era impossível. Durante o dia, a viagem seria agradável pelas paisagens e pelos inúmeros barcos mercantes com que cruzariam, que eram usados para transportar madeiras, grãos, objetos, gado e outros animais.

Os cereais a granel, principalmente trigo e cevada, eram os itens fundamentais para a alimentação no país. Eram carregados no lombo dos burros dos locais de cultivo e colheita até os portos improvisados, a partir de caminhos abertos pelos servos, de onde eram embarcados, em grandes sacos. Depois seriam levados para os fabulosos celeiros reais, de forma piramidal, dos quais eram distribuídos para a população.

As jornadas dos servos, em todo o percurso, eram tão cruéis que geraram no cancioneiro o *refrão dos estivadores* que dizia:

Vamos passar o dia todo puxando
cevada e emmer branco?
Os silos cheios estão transbordando;
pilhas alcançam suas aberturas.
Esses navios estão muito carregados;
o grão está derramando.
Estamos continuamente apressados em nosso caminho.
Veja, nossos corações são feitos de bronze!

Cruzariam, ainda, com grandes barcaças rasas, que carregavam os obeliscos e enormes pedras, das pedreiras de Assuã até Mênfis, Tebas e centros templários, para as construções faraônicas. Elas podiam transportar passageiros, como aqueles da comitiva do Vizir de Mênfis, com os quais viajara Butehamun.

O Nilo era o caminho que unia o país. As viagens por terra eram virtualmente desconhecidas, pois não havia estradas, mas, sim, percursos irregulares entre os *nomos*, os centros administrativos das propriedades rurais produtivas. Estes eram constantemente destruídos pelas enchentes, quando as margens do rio estavam cobertas pelo *húmus* vindo das nascentes, que fertilizava o solo.

Então, era por água que se permitia o ir e vir das pessoas e mercadorias. As maiores embarcações egípcias tinham popa e proa altas, e poderiam estar equipadas com cabines em ambas as extremidades. As dos nobres e as reais, em especial, costumavam ser luxuosas. Os ventos predominantes sopravam para o sul, impulsionando os barcos que viajavam naquela direção, enquanto os que navegavam rumo ao norte dependiam da corrente e dos remos. Marinheiros, remadores e barqueiros constituíam uma parte significativa da população total.

O Egito possuía também um próspero setor de vendas marítimas, arriscando-se a trafegar no *Grande Verde*, o Mediterrâneo. Eles exportavam, sobretudo, linho, papiro, peixe salgado e milho. Seu principal parceiro era a Fenícia. Butehamun conhecia a antiguidade desta relação. As embarcações eram feitas de madeiras nativas ou coníferas do Líbano. O cedro era importante como material de construção naval, mas as mais valiosas eram as toras de cedro da Fenícia.

Em uma fase de seus estudos em Mênfis, Thot Ankh exigiu que ele viajasse a Biblos e ficasse alguns meses por lá. Foi uma época de muito sofrimento para Merit que, enciumada, foi proibida de ir junto. A vida naquelas cidades portuárias marítimas era muito diferente da rotina egípcia. Butehamun divertiu-se muito por lá, mas voltou feliz, porque era apaixonado pela sua escriba.

Dirigiu-se para a frente do Templo porque tentaria ir cavalgando de Hórus até as Estrebarias Reais, segurando as rédeas com a mão esquerda. O cavalo empinou-se, relinchou quando o viu e cheirou Butehamun, quando este se aproximou. Eles eram agora muito chegados.

Uma carruagem, entretanto, se interpôs entre os dois. O servo pulou rápido do coche e ajudou *Leila* a descer. Ela saiu, majestosa, e se curvou diante de Butehamun. Em decisão rápida, ele a puxou e a levou para dentro do Templo. Causou, sem desejar, mais uma vez, espanto nas pessoas que repousavam no grande salão, pois a mulher que ele levava pelo braço era uma princesa fenícia. Ela estava vestida com roupas bordadas de ouro e prata. Os cabelos negros e compridos presos no alto da cabeça por uma pequena coroa de pedras brilhantes. Sua presença exalava, ainda, um adocicado perfume pela sala.

Notava-se que ele estava perdidamente enamorado. Nenhuma palavra de recriminação saiu de sua boca pela chegada repentina da moça, oferecendo-se daquele jeito despudorado. Sua vontade era apenas de beijá-la. Até que ela falou:

– Trouxe um bilhete pessoal de Ramsés para você.

– ...

– Ele ordena que você me leve para Tebas. Vou morar em Deir el Medina.

– ...

– E, o mais importante: que você se case comigo!

Ela se levantou, fazendo aparecer um pequeno relevo no abdome, que se tornou mais evidente e avantajado com o repuxo do tecido. E disse, sussurrando as palavras, como se fossem um suspiro:

Espero um filho seu.

XIII. MAMMISI

Então eles o lavaram e seu cordão umbilical foi cortado. Ele foi colocado sobre um tecido em um leito de tijolos. Meskhenet se apresentou a ele... Então Red-Djedet o limpou com uma purificação de quatorze dias.

Papiro Westcar

Merit terminou a aula exausta. As crianças saíram tristes, porque seria a última com a mestra. Entretanto uma surpresa alegraria todos. Além do cercado em torno da *PerAnkh*, eles viram uma esbelta potrinha que pastava, sofregamente, na grama verde, recém aparada pelo jardineiro. Era Hathor que esperava por Merit junto à sua mamãe.

– A escolha do nome de sua filha deixou a égua muito feliz, falou o novo escriba que servia Merit.

Ele estava confortável junto ao grupo equino e parecia mais afável com os animais do que com as pessoas.

Ela se abaixou e acariciou a cabeça de Hathor, há poucos meses nascida. As crianças correram, pedindo para saber o significado do nome dela. Sabiam que fora escolhido pela professora. Ela conhecia e valorizava o nome próprio de uma pessoa ou de um animal, porque era isto que lhe daria uma condição de existência no mundo terreno. Somente a partir da nomeação, as pessoas passavam a existir. Ela contou para eles:

– O nome da minha eguinha é o de uma deusa: *Hathor*, senhora do ocidente, o mundo dos mortos.

– Às vezes, ela é representada sob forma de uma vaca, com o rosto largo, bovino. Em outras, apenas com os chifres e orelhas de vaca.

– Ela tem uma árvore sagrada: o sicômoro.

– É a protetora dos operários da nossa Vila de Deir el Medina.

– Entretanto sua maior missão é de colocar os *bás* das pessoas mortas sobre o seu dorso, para transportá-los pelo deserto cheio de perigos, de onde partirão para o último trajeto de viagem, além da tumba. Chegarão, assim, à região celeste, ao nascer do sol. Hathor é, ainda, grande protetora de Rá, de Osíris e de Hórus, os deuses poderosos de Heliópolis. Por isso, ela tem o epíteto de *nebet net pet*, como vimos na nossa aula. Estão lembrados?

– SIM!

Gritaram as crianças, encantadas com aquela aula sob o céu azul e o confortável sombreado do sicômoro, que as protegia dos raios de Rá. Elas estavam sentadas ao redor da mestra e acariciavam o animalzinho, que abanava a cauda e relinchava baixinho. Ken-Amun levantou-se e, em tom respeitoso, como de hábito, perguntou:

– O que é mesmo o *bá*?

Merit sorriu, alegre como sempre. Seu sorriso aberto e largo iluminava o ambiente. Esta lição deveria ser para o próximo ano. Mas, como foi ela mesma quem tocou no assunto, resolveu explicar:

– Todos nascemos com um corpo que pode ser de gêneros diferentes; com um *ká*, que é o duplo deste e deve ser alimentado, mesmo quando sua forma e matéria forem para o mundo do além. É ele quem come o espírito das oferendas. Desta forma, elas não podem faltar. E a terceira parte é o *bá*, que contém nossos sentimentos, nossos desejos e amores. Este fica sempre com o corpo, porém não dentro dele. Fica constantemente voando à volta dele, assim como um passarinho.

Algumas crianças comentavam entre elas o que fora explicado e conversavam agitadamente sobre o tema. Talvez, muitas já ouviram em casa as verdades da nossa religião, pensou Merit. Enquanto outras, em famílias menos ilustradas e participativas, mostravam-se incrédulas.

Merit entendeu o que se passava naquelas cabecinhas.

– Houve até um Faraó, Akhenaton, que, com muitos seguidores, também duvidou de algumas de nossas crenças. Mas ele foi malsucedido. Com sua morte, o seu deus único, Aton, foi abandonado; e ele foi esquecido. A simbólica cidade de Akhenaton, que ele construiu em cinco anos, foi destruída em menos tempo. Ele foi chamado de herético, e algumas famílias sequer admitem que se fale o nome dele hoje em dia.

Depois de um tempo de muito riso e alegria, a potrinha Hathor foi levada por sua mãe. As crianças, com olhos marejados, despediram-se da professora e foram para suas casas.

Para Merit, iniciou-se um período de grande encantamento, com o ser saliente e irrequieto em seu ventre, que dava sinais explícitos de sua presença. Ele nadava no tépido líquido materno, roçando o interior da barriga, mostrando em que lugar se encontrava. Merit acarinhava os *morrinhos* que se formavam com os movimentos do bebê, tomada de uma felicidade que jamais sentira antes.

De fato, a partir da última aula na *Per Ankh*, somente uma imagem aparecia, quando ela fechava os olhos: um bebezinho com face redondinha, braços e pernas roliços, que balançavam, entrelaçados, para o alto, enquanto ele sugava o farto leite dos seios generosos de sua mãe: era a imagem de Iset, a filha de Thot.

Butehamun também sonhava com esta criaturinha, fruto do amor deles, agora, abençoada por Thot.

Merit rolava na cama, imaginando a hora do nascimento, quando teria o bebê nos seus braços. Mas como seria esta passagem? Examinava o seu corpo transformado, em detalhes, e meditava, olhando o céu estrelado. Tomava chás, inebriava-se com o perfume dos incensos do ambiente e, finalmente, caía em um sono profundo.

No dia seguinte, ao levantar-se, a sensação e a perspectiva de dor e de medo voltavam e ela queria descobrir como tudo aconteceria. Voltava a remexer no seu baú, à procura de elementos, vindos da magia ou dos *sunus*, que a tranquilizassem. Não importava de onde, desde que trouxessem luz às trevas que sombreavam o caminho da sua transformação na mãe de Iset!

Recebera do seu querido Mestre um papiro que contava a história de um nascimento de reis. Ela lia e relia a descrição da cena do parto, contida em literaturas que lera ao longo do seu curso.

Ficou imaginando como seria a mulher do conto. Seu nome era Redjedet, e era uma das esposas de um Faraó da V Dinastia, de dois mil anos atrás. Merit sabia que sua realidade era muito diferente da dela, mesmo assim lia vorazmente o papiro, à procura de identificação.

O interessante era que se desconfiava que esta *hemet* estivesse grávida de trigêmeos. Nos nascimentos reais, os deuses participavam diretamente. Assim, Rá tinha se preocupado com sua sobrevivência e a das crianças.

Ele enviara o deus Khnum precedendo as deusas Ísis, Néftis, Meskhenet e Heket para auxiliar Redjedet no momento do parto, levando o material necessário para o evento. Três deusas, disfarçadas de dançarinas e musicistas, foram encaminhadas para o aposento da parturiente, onde Ísis já estava a postos para realizar sua tarefa com êxito.

Nada mais dizia o conto. Porém, em sua busca, Merit achou outro que, embora mais sucinto, relatava um nascimento também ocorrido no tempo das pirâmides, que introduzia a questão do local do parto.

Shepeset, a mãe, era levada pelos deuses para uma parte privada da casa. Talvez fosse um aposento de localização mais retirada, já que se tratava de uma casa pequena. Em uma residência maior, é provável que houvesse uma área específica, reservada às mulheres, dentro da própria habitação. A proteção do local contra os perigos que, eventualmente, poderiam atingir a mãe e a criança, era feita por meio de objetos mágicos e amuletos.

Duas mulheres auxiliavam o parto. Uma, atrás de Shepeset, a sustentava, enquanto a outra, à sua frente, cuidava para que a criança que nasceria não se machucasse e a segurava para evitar uma possível queda, decorrente de um parto rápido.

O parto era realizado de cócoras, para facilitar o nascimento da criança. Os hieróglifos, que Merit dominava, mostram, de forma bem clara, esta postura: o sinal determinativo de uma mulher acocorada, com uma criança saindo da parte mais baixa.

Nesta sala especial, havia os *tijolos do nascimento*, supostamente em número de quatro, e associados à deusa Meskhenet. No conto citado, era ela quem ditava o destino de cada um dos príncipes após o nascimento.

Merit lembrava que, em representações nos *Livros dos Mortos*, durante o Reino Novo, esta deusa aparecia como um tijolo com cabeça humana, em uma clara alusão *aos tijolos do nascimento*, que guardariam o destino do indivíduo.

Estes tijolos marcavam o *local de descimento*, o lugar onde a criança caía ao sair do ventre materno. A mulher à frente amparava a criança e cortava o cordão umbilical.

As mulheres usavam colares e braceletes, como se participassem de ocasiões festivas. Haveria ocasião para isso no nascimento de Iset?

No dia seguinte, Merit chamou o seu escriba com a charrete. Acomodou-se, já com certa dificuldade, no assento atrás do condutor e partiu para o Templo de Meretzeguer. Estava insatisfeita com as suas pesquisas.

Na chegada ao Templo, foi levada a uma sala, até então, desconhecida, com muitos objetos cerimoniais à vista e pinturas nas paredes.

As preocupações de Merit eram válidas. A época era de desconhecimento sobre o parto, e este era sempre um desafio. A sobrevivência da criança, nos primeiros anos de vida, tinha seus problemas, que iam de questões básicas de higiene até febres e presença de animais peçonhentos nas casas. Serpentes e escorpiões eram frequentemente encontrados nas casas feitas de tijolos de adobe.

Ela ouvira muitas conversas de adultos e o choro de mães pelas suas perdas.

Para facilitar o parto, existiam os feitiços, que ajudavam também na expulsão da placenta, fato tomado com muita seriedade e preocupação após o corte do cordão umbilical com uma faca de cana especial.

Um cântico deveria ser entoado, quatro vezes, nesses momentos:

– Desce placenta, desce placenta, desce! Eu sou Hórus, aquele que conjura para que aquela que está dando à luz fique melhor do que era, como se já tivesse parido...

Hathor pousará sua mão sobre ela, com um amuleto de saúde. Eu sou Hórus, quem a salvará!

Além disso, um anão de barro ou cerâmica, representando o deus Bês, protetor da família, era colocado na fronte da parturiente, pedindo a sua proteção para aquele momento.

Alguns magos mais irascíveis podiam ser chamados para o parto e costumavam gritar com os deuses, ameaçando-os com fenômenos da natureza, caso algo fosse complicado.

O aposento para o qual Merit fora levada, no Templo de Meretzeguer, o *Mammisi*, era o local reservado para o parto. A visão deste salão deixou-a deslumbrada.

Viu uma cena de nascimento, ocorrido no Templo de Luxor, pintada em uma parede imensa. Nela, via-se duas parteiras ajoelhadas, atrás e na frente da parturiente, todas cercadas por gênios e seres apotropaicos, ou seja, capazes de afastar influências maléficas.

Atrás das duas parteiras estão outras servas de apoio. Duas mulheres, no lado direito, amparam o recém-nascido. Uma terceira sustenta, com a mão esquerda, o bebê e, com a direita, o entrega para a parteira ajoelhada à sua frente.

A pintura mostrava, principalmente, as duas fases mais importantes:

– O momento do parto;

– O pós-parto, em que o recém-nascido já está nas mãos da parteira.

Além destas, havia, também, imagens que mostravam a posição e o papel das parteiras, a fase de aceleração do parto com auxílio de práticas mágicas e, finalmente, a habilidade no manejo e manuseio do bebê.

Algumas das mulheres presentes tinham o papel lúdico de entoar as canções que remetiam ao primeiro nascimento divino: o parto de Hórus, futuro deus-faraó do Egito, filho de Ísis e Osíris. Uma delas dizia:

Ó benevolente Ísis,
Que protegeu seu irmão Osíris,
Que procurou por ele incansavelmente,
Que atravessou o país enlutada,
E nunca descansou antes de tê-lo encontrado.
Ela que lhe proporcionou sombra com suas asas
e lhe deu ar com suas penas.
Que se alegrou e levou o seu irmão para casa
Ela, que reviveu o que, para o desesperançado,

estava morto,
que recebeu a sua semente e concebeu um herdeiro,
e que o alimentou na solidão,
enquanto ninguém sabia quem era...

A representação do desenrolar do parto em tudo lembrava as tradições antigas. Quando Ísis foi dar à luz a Hórus, teve de se abrigar em macegas, pois estava sendo perseguida por Seth, que queria impedir o nascimento do futuro rei do Egito. Os *Mammisi*, os pequenos templos no estilo dos antigos santuários periféricos nos quais o ritual de nascimento do deus infante era realizado, referiam-se à materialização deste local reservado ao parto.

A leitura do cântico ajudou Merit a entender a grandiosidade do que estava prestes a fazer: dar à luz a um filho se configurava, agora, como a construção de um microcosmos de criação conectado à fundação do macrocosmo divino do nascer do sol, como o quer a narrativa heliopolitana com o nascimento de Hórus, o deus que ela amava e respeitava.

Alguns dias depois da visita ao *Mammisi* do Templo, em uma linda manhã de céu azul, com os raios solares entrando no seu dormitório, Merit sentiu que uma água vertia de suas entranhas. Levantou-se da cama e se lavou com cuidado. Depois, vestiu uma bata longa branca, feita para aquele momento.

Foi até a ama que, há vários dias, dormia com ela em seu quarto. Desceram lentamente as escadas e se dirigiram com igual cuidado para a carruagem, que as esperava na frente da casa.

Os primeiros raios de Rá, o deus sol, iluminaram o seu caminho até a casa de Confinamento, no Templo de Meretzeguer.

Ela se sentia tranquila, depois da visita ao *Mammisi*, mas ansiosa para conhecer Iset. Apenas se embaraçava, quando lhe ocorria a dúvida sobre qual seria o papel de Butehamun no nascimento da filha.

XIV. OPERÁRIOS PARADOS

... o escriba Hay saúda seu colega Userhat: na vida, prosperidade e saúde em nome de Amon-Rá, rei dos deuses, para saber: por favor, me escreva sobre as suas condições e de todos que estão contigo, pois é meu desejo saber sobre o seu bem-estar...
Carta de Deir el Medina

Butehamun entrou desenvolto no Templo de Meretzeguer. Ele impressionava com o seu traje de alto funcionário faraônico e o porte militar. Foi recebido pela sacerdotisa de cabelo azul, de beleza incrível, que o deixou estonteado. Mas falou com voz tranquila:

– Quero ver minha mulher e minha filha.

Sem sorrir, muda, a graciosa criatura fez um gesto, solicitando que a seguisse e o conduziu pelos meandros mais íntimos do Templo de Meretzeguer. Finalmente, da grande porta de acesso a um jardim coberto por palhas de milho, douradas e esbranquiçadas, entrelaçadas com folhagens muito verdes, ele vislumbrou Merit.

Nos braços de sua mulher, meio inclinada, enrodilhada no manto branco de linho da mãe, dormia Iset. Butehamun emocionou-se de uma forma que lhe era pouco comum. Ajoelhou-se diante delas e pediu:

– Me perdoem.

– Me aceitem.

– Eu preciso das duas.

Merit estendeu-lhe a mão, que retirou de onde pousava, no peito da filha.

Butehamun beijou-a com fervor, por várias vezes.

–Estou vivendo um drama inusitado com os trabalhadores de Deir el Medina.

Disse, com simplicidade e uma voz rouquenha de emoção.

– Fale-me sobre isto, pediu Merit.

– Você sabe que as tumbas dos Vales dos Reis, das Rainhas e dos nobres são esplêndidas graças ao trabalho dos operários da *Sede da Verdade*, que moram no povoado. As tumbas, que ficam ao sul das montanhas, guardam os restos dos nossos Faraós, suas fortunas e importam muito, pois são as guardiãs da nossa memória.

– Na vila, fundada por Tuthmosis I, é onde moram os artesãos reais e suas famílias. A partir de um primeiro bloco, em dois terraços construídos a sota-vento da encosta de Qurnet Murai, a vila hoje chegou a mais de sessenta casas. O seu apogeu acontece, atualmente, com o reinado do nosso Ramsés III.

– Aqui temos, hoje, ao longo de suas franjas norte e oeste, também o cemitério da aldeia, além de outros edifícios que servem como novas moradias, oficinas, depósitos e santuários privados e comunitários. Também, localizado no extremo norte da aldeia, no caminho que conduz de sua entrada principal até o Ramesseum, está o centro nervoso da administração da necrópole e o ponto de controle para a cadeia de suprimentos pela qual a burocracia estatal abastece os trabalhadores e suas famílias.

Merit aborreceu-se com toda aquela história, pois a conhecia muito bem. Estaria Butehamun desnorteado? Perdera a noção sobre quem era o seu interlocutor?

Sim, de certa forma, ela estava certa. O grande oficial real estava transtornado. Buscava palavras e tentava se encorajar para configurar o desafio e a realidade terrível, insuportável, que estava enfrentando. Era doloroso e difícil verbalizar a situação, mas finalmente ele falou:

– OS OPERÁRIOS PARARAM, Merit, todos os seus ofícios, ao mesmo tempo. Os prédios que citei estão ocupados por eles que agora vivem provocando arruaças pelas ruas.

Butehamun começou a chorar, enquanto brincava nervosamente com os dedos frágeis da sua mulher.

Merit perturbou-se. Lágrimas correram de seus olhos, e Butehamun soluçava junto. Eles amavam o *Lugar da Verdade*.

Os dois levantaram-se ao mesmo tempo e se abraçaram com força, demoradamente, como se fosse a primeira vez. Havia paixão entre eles, que os juntava, selando os seus sofrimentos com as chamas de um amor vivo, muito longe de estar amortecido, como ambos pensaram.

Meio constrangida, Merit separou-se daquele corpo do qual sentia tanta falta.

Butehamun ainda segurava as suas mãos.

– Por favor, me apresente um relatório do evento, disse, finalmente, sua mulher, agora mais calma.

Butehamun, que fizera sua formação profissional junto a Merit, já esperava por aquela demanda. Ele sabia que ela era uma pessoa muito ponderada, que abalizava as decisões sempre após fatos e informações.

Ele puxou por debaixo da túnica marrom-esverdeada um rolo de papiros, amarrado com cordões de sisal, desatou-o e respondeu:

– Estou preparado para lhe fazer um relatório bem objetivo.

Operários Parados na Sede da Verdade

Ano 29 do Reinado de Ramsés III – Nomeação do Escriba Butehamun no cargo de Escriba da Tumba, na Sede da Verdade, e de sua esposa Merit, como supervisora da Administração da Sede e da Vila dos Trabalhadores de Deir el Medina.

Início de pequenos tumultos encenados pelos trabalhadores para expressar suas preocupações;

Convocação para manifestações públicas em protesto pela falta de pagamento de salários;

Desconfiança das autoridades centrais em Tebas, que não cumprem com as expectativas dos moradores em receber rações mensais de grãos, que chegam, invariavelmente, atrasadas nas aldeias;

Averiguação nos diários da necrópole, feita por eles, que revela que a entrega de grãos está sempre atrasada. Na maioria dos casos, a demora é de curta duração, sendo o serviço retomado em questão de semanas. *Agora, no entanto, os aldeões foram obrigados a esperar vários meses pela chegada dos grãos.*

Até então, a imprevisão do sistema foi resolvida, pois a maioria das famílias tinha reservas, que eram usadas nas necessidades.

Agora, apareceu a ameaça da fome.

Conclusões coletivas: trabalhadores têm motivos para reclamar a uma autoridade superior sobre suas rações.

– Por escrito, Ankhesenamun, o escriba-sênior da Tumba, tomou a iniciativa, fora de sua alçada procurar ajuda junto ao Vizir. Nada recebeu em resposta. O Vizir tinha me alertado desta prepotência e me avisado para dispensá-lo de suas funções.

– Sem suas rações, os trabalhadores descontentes sentiram que era necessário apresentar, então, sua queixa a Amennakht, o Escriba da Tumba.

– Em conclusão, o movimento que surgiu como expressão de um descontentamento generalizado com o atraso do pagamento de salários, agora se configura em um enfrentamento de poder, fato, até então, desconhecido em nosso país. A percepção sobre a inconfiabilidade das autoridades locais particulares e das autoridades centrais estão em níveis insuportáveis.

– ESTA PRIMEIRA QUEIXA ATINGE-ME DIRETAMENTE, Merit. Mas, veja bem, eu apenas estou assumindo esta situação de Escriba da Tumba agora. Explica-me: como posso, neste momento, levar ao meu pai, antecessor neste cargo, envelhecido, adoecido, após minha união louca com uma fenícia, esta queixa? Como posso vasculhar a sua administração? Achar onde ele falhou? Colocar nos seus ombros esta paralisação excepcional?

Merit passou Iset do seu colo para a ama de leite. O assunto era realmente muito grave. Tudo se misturava: a vida particular da sua família e a natureza da relação do governo faraônico com a Vila responsável pelos enterramentos. Sem os operários, quem construiria as tumbas?

Fincou seus olhos esplêndidos no rosto fustigado do marido. Procurou perscrutar os pensamentos dele, ler os seus sentimentos, que se misturavam em cascata os deveres de ofício e a questão filial fortíssima com o pai, que ela podia perfeitamente entender, pelos anos de convivência com o Itef.

– Venha comigo, disse ela, nossa filhinha precisa dormir. Vou te levar aos meus aposentos, ali pedirei vinho para nós dois. E poderás me contar em detalhes tudo mais desta triste história.

XV. CONVERSA DE CASAL

... não levante a voz contra alguém que o ataca, nem lhe responda você mesmo. A costa rejeita aquele que faz o mal, sua correnteza o leva embora. O vento do norte desce para terminar sua hora.

Instruções de Amenemopé

O aposento ocupado por Merit abria uma ampla janela para os jardins internos do Templo. Logo depois que a linda serva núbia serviu os cálices de vinho e se retirou, Butehamun continuou a narrativa:

— Uma análise detalhada de alguns diários da necrópole revelou a frequência com que a entrega de grãos para a aldeia atrasou. Na maioria dos casos, como consta no relatório, o atraso foi de curta duração, com o serviço normal sendo retomado em questão de semanas. No entanto, em várias ocasiões, foram desfeitos acordos e contratos, descumpridos.

Merit sorriu, alcançando ao marido um cálice de prata lavrada:

– Primeiro um brinde à vida de nossa filha...

– Sim, sim, meu amor! Perdoa-me, apenas te conto tudo isso para que me ajudes a encontrar um caminho... para salvar do opróbrio o nosso pai, o avô da pequenina Iset.

Merit bebeu um gole com delícia e se reclinou nas almofadas do coxim. Sua voz soou aveludada, como o *bouquet* do vinho:

– Pelo que entendi, um dos problemas maiores foi o surgimento de novas lideranças.

– Sim, este é o mais novo e o maior dos problemas, minha amada *hemet*. Tentarei fazer um resumo:

– Há uma grande influência, na Vila, de pessoas estranhas aos nossos trabalhadores habituais. Em uma sindicância entre os nossos homens de confiança, descobrimos operários vindos da região de Abydos, há bastante tempo, contratados pelas suas habilidades, que confabularam com os grupos de recém-chegados das necrópoles de Mênfis e os cooptaram para ajuntamentos, às escondidas.

– Além disso, um grupo de peões diferenciados e aquiescentes, totalmente sujeitos aos ditames de um regime autoritário, se sujeitaram aos líderes de fora, para poderem expressar suas opiniões, de maneira livre, sem medo de recriminação.

– Por fim, mestres especializados vindos das ilhas gregas, alguns muito influentes, com liderança aprendida nas regiões de origem, promovem discussões nunca vistas por aqui. Este pareceu-me o mais sanguinário grupo de insurgentes. Capaz de agredir, roubar e matar para conseguir seus propósitos.

Merit fez uma única pergunta:

— Qual o papel dos *madjois,* os guardas, neste movimento?

Butehamun pensou um pouco antes de responder:

— Para fecharem a tumba aos trabalhadores, precisaram de dois capatazes, dois deputados e dois inspetores. Todos aquiesceram. Não consta que tivessem criado muitos problemas para se colocarem ao lado dos operários parados. E esta gente é uma elite competente e diferenciada, o que mais me aborrece e preocupa.

—Toda a *equipe* de trabalhadores passou pelos cinco postos de guarda da tumba?

— Sim, conseguiram alcançar a parte interna do Templo do Faraó, inacessível aos não iniciados.

— ...

— Eles chegaram à noite ao templo mortuário de *Wesermaatre-setepenre*, o Grande Ramsés II, discutindo em sua entrada. Entraram no templo junto com o escriba a Pentaweret, os dois chefes de polícia, os porteiros da tumba... Mentmose, o chefe de polícia, declarou: eu vou buscar Ptahemheb, o prefeito de Tebas. Como tu sabes, este prefeito também ocupa o cargo de mestre tributário, com acesso aos celeiros do Estado.

— Então, este grupo de agitadores era imenso...

— Sim, eles ocuparam o anfiteatro do Templo de Ramsés II, e alguns letrados escreveram um manifesto, que foi distribuído a todos nós. Tenho aqui comigo uma cópia para o teu conhecimento:

A perspectiva de fome e sede nos levou a isso; não temos roupas, não temos peixe, não temos verduras. Enviem mensagem ao Faraó, nosso bom senhor, sobre isso, e enviem ao

Vizir, nosso superior, para que possamos ser abastecidos com provisões.

– Ignorantes, seus líderes não são, certamente.

Butehamun inclinou a cabeça, concordando, e pareceu descobrir somente agora seu cálice de vinho. Levou-o aos lábios secos e bebeu seu conteúdo de uma única vez, o que não era comum. Depois prosseguiu:

Tenho também anotada a declaração do chefe de polícia, este Mentmose que apoiou abertamente essa rebelião:

– *Vou dizer-lhes a minha opinião. Subam para suas casas em Medinet Habu, reúnam suas parafernálias, fechem suas portas, tragam suas esposas e seus filhos, e eu os levarei ao templo de Menmaatre, o Grande Seti I, e os deixarei estabelecer-se lá, imediatamente, para sua segurança.*

Merit encheu, mais uma vez, os cálices, aspirando o aroma da bebida, enquanto dizia suavemente:

– Estes operários agem de uma forma diferenciada de alguns pequenos movimentos anteriores, quando havia algum atraso nos pagamentos.

Desta vez, Butehamun tomou do cálice com elegância e inclinou a cabeça para Merit, antes de beber um pequeno gole e afirmar:

– Tua inteligência, minha amada, só encontra rival em tua beleza... Sim, o aspecto mais inusitado é que os operários, para expressar a revolta, vão para as ruas, invadem áreas dos Templos. Aos gritos, incitam os aldeões, dizendo que eles também são obrigados a esperar vários meses pela chegada dos grãos. A imprevisibilidade dos pagamentos ameaçava suas famílias com a fome. Apesar das reservas guardadas por alguns.

– São uns infelizes...

– Mas muito perigosos, neste momento. Eles também gritaram na minha presença, carregando tochas, depois da conversa que tivemos, e me ameaçaram novamente. Saí enlouquecido, montado em meu cavalo Hórus, e fui para o meu alojamento, seguido de seguranças.

– Isso eu não sabia... Peço-te perdão. Conta-me o que aconteceu depois.

Transtornado, Butehamun empinou outra vez o cálice de vinho e falou ainda com os lábios molhados:

– Quando voltei, pela manhã, eles estavam em assembleia novamente. Descontentes com a minha chegada, gritaram em coro: *Volte, nossos assuntos agora são com o Faraó!*

– Esta prerrogativa pareceu-me tão ameaçadora que senti uma tontura e precisei apoiar-me no *Madjoi* para não desfalecer. Diga-me, Merit, como posso convocar o Faraó? Resolvi te procurar, apesar de saber que estavas em um período de confinamento, pois, na verdade, não sei como agir. Chego a pensar que é uma conspiração contra mim.

– Tens algo a te pesar na consciência? Perguntou sua supervisora, agora, muito séria e fleumática.

– Fui um servo do Faraó, obedeci às suas ordens. Muitas pessoas devem ter se sentido prejudicadas com algumas de minhas ações.

Ela balançou a cabeça, mas, pela sua fé no Rei, respondeu:

– O Faraó tem o *Maat*, o dom da Justiça, obedecê-lo foi a nossa promessa quando aceitamos esta missão.

Dito isso, ainda cerimoniosa, Merit agradeceu a apresentação feita pelo Escriba da Tumba. Ela estava aborrecida e preocupada com os acontecimentos, mas satisfeita com o papel e a sinceridade de Butehamun. Ela julgou muito completo o relatório, e saberia como agir. Pediu-lhe que fosse falar com o *Itef* para informá-lo do que se passava, apenas.

Depois desta longa exposição e da conversa amistosa com Butehamun, Merit concordou em ir com ele, na sua condição de Escriba da Tumba, falar com os operários no dia seguinte. Quando confrontados com desafios que envolvessem autoridades externas, era necessário que eles se unissem.

Butehamun pediu para contemplar por alguns momentos a filha adormecida e depois agradeceu com muitas genuflexões, que reconheciam a autoridade de sua supervisora. Feito isso, retirou-se altaneiro, atravessando, em passo marcial, os jardins do Templo.

Merit apressou-se em confabular com sua sacerdotisa amiga, que lhe indicou um velho sacerdote do Templo de Osíris, que falava grego, para acompanhá-la na comitiva.

A sacerdotisa também prometeu conseguir, para o dia seguinte, uma grande quantidade de grãos para que coubesse a cada operário em revolta meio saco de cevada, para fazer cerveja. Eles viriam dos estoques guardados nos celeiros dos Templos de Meretzeguer e de sua parceira divina, a deusa Sekhmet, localizados a poucas horas de navegação de Tebas.

Merit conversou longamente com Iset. Elas combinaram, com os olhos, sem uma palavra, que a pequenina fará parte da comitiva, em um cesto de vime, enfeitado com imagens de Hathor, feitas de tecido dourado. Irão na carruagem do Vizir, que virá de Tebas para esta finalidade. Será a primeira missão oficial de Iset.

XVI. VOLTA AO TRABALHO

... haja com modéstia, meu amigo. Quem dá água ao entardecer para uma ave que ele matará de manhã cedo?...
Conto do Náufrago – Autor desconhecido.

A procissão saiu do Templo de Meretzeguer ao amanhecer. Seguindo os primeiros raios de Rá, foi lentamente em direção aos Prédios Reais, junto ao Kenbet, onde estavam reunidos os juízes e os homens bons. De lá partiram para o pátio interno do conjunto de oficinas locais de marcenaria, pintura e arte de enterramento para, finalmente, encontrar e dialogar com os insubordinados, munidos de suas ferramentas de trabalho. Os semblantes eram assustadores.

Na frente do grupo da Administração da Sede da Verdade iam Butehamun, Merit e Iset. Esta, acomodada junto com a mãe, no seu cesto.

Os operários ficaram impressionados com a presença do Escriba da Tumba e sua família.

Butehamun apresentou primeiro a Merit, anunciando sua nomeação por Ramsés III para participar de todas as decisões e atos administrativos que ele resolvesse. Sua atuação seria ainda abalizada pelo conjunto Templário das deusas Meretzeguer e Sekhmet.

Os operários curvaram-se diante das indicações da mulher, que se levantou e tomou da palavra, com muita segurança.

– Caros trabalhadores da Sede da Verdade: é por vontade dos deuses que venho ao vosso encontro.

– Nosso Faraó Ramsés III está em Mênfis, recém-chegado da grandiosa Vitória que obteve contra os *Povos do Mar*, nos campos da Síria.

– A batalha que ele venceu, graças a sua força e à ajuda de Amon, representa a garantia de paz para todos nós.

– Nossos tesouros encheram-se de riquezas.

– Os silos serão abastecidos com as colheitas e, em breve, os Templos de Tebas se prontificarão a nos fornecer cereais de suas reservas até que a ordem se estabeleça.

– Todos sabem da importância dos enterramentos em nosso país, fundamentais para dar uma vida após a morte para os nossos soberanos e, assim, manter a nossa sociedade em paz e prosperidade.

– Amon-Rá ordena que voltem ao trabalho.

Houve um murmúrio de consentimento, e todos levantaram as mãos.

ANKH WEDGE SENEB!

Butehamun auxiliou a esposa a descer do estrado no qual ela falara e a se acomodar na carruagem. Pediu ainda que os operários estrangeiros se reunissem no *knebt,* onde Merit falaria com eles.

Ele deu por encerrada a Assembleia e conduziu a comitiva para o local do encontro marcado.

Para os trabalhadores estrangeiros, falando em grego, o discurso de Merit foi ainda mais objetivo:

– Trabalhadores da Grécia.

–Vós sois bem recebidos pelo meu Faraó Usermaatre Meryamun. Ele acredita nas vossas competências para construir Sua Tumba.

– Em breve, os seus pagamentos serão realizados, pois nossos tesouros estão abarrotados com as riquezas que conquistamos ao vencermos os *Povos do Mar.*

– Pela paz, prosperidade e saúde no Egito, ordeno que retornem ao trabalho.

A pronúncia correta, da língua estrangeira, a altivez e serenidade da jovem líder conquistaram aquela turba. Eles se curvaram e esvaziaram o imenso salão, de forma silenciosa, onde, até então, só se ouviam imprecações e queixas.

Com o conflito apaziguado, Butehamun subiu na carruagem e foi até o Templo, mantendo, no caminho, uma conversa franca, humilde e atenciosa com sua esposa.

– Minha mulher fenícia, depois de organizar um casamento grandioso com muita gente do seu país, de ter gastado muito do ouro de minha família com todas as coisas boas e roupas, sofreu um feitiço. Cuja origem os magos não conseguiram descobrir. De um momento para outro passou a não dormir. Tarde, no dia seguinte, acordava estonteada e corria para a serva, ordenando uma nova festa para a noite.

Esta vida de hábitos irregulares e pouco distintos, fazia o meu *Itef*, meu querido pai sofrer. O som das músicas e cantorias extrapolavam as paredes da bela casa que ele construiu para nós, perturbando quem morasse perto. Shenendua andava impaciente.

A fenícia reunia pessoas pouco qualificadas, que consumiam bebidas e dançavam seminuas, envolvendo, nas cantorias, os seus deuses estrangeiros e alguns sacerdotes.

– Foi tão abusivo e descontrolado o seu comportamento que ela adoeceu. Nós a levamos para o *sunu* do meu *itef* e ele disse:

– Esta é uma doença que eu não posso tratar.

– O nosso filho, pequeninho na sua barriga, também sofreu muito neste período e terminamos por perdê-lo.

– Minha esposa pediu o divórcio. Ela escreveu para sua irmã, que veio da Fenícia especialmente trazida para desposar Ramsés III. Esta grande dama organizou toda a viagem de regresso de Leila à Fenícia. Eu nunca mais as vi.

– Quero que voltes para mim com a nossa filha.

Butehamun ajoelhou-se e pegou as mãos de sua esposa. Merit respondeu:

– Certamente, vou voltar para o teu convívio, mas quero que saibas que tu não és o pai de Iset.

– ...

– A concepção de Iset iniciou-se no Templo de Meretzeguer. Suas sacerdotisas receberam uma solicitação de Thot, acompanhado das autoridades dos deuses Amon-Rá, para realizar uma reunião. A questão era a nomeação de uma mortal com qualidades excepcionais de inteligência e equilíbrio, ou seja, potencialidades para gerar um filho para

Thot. Este ser privilegiado deveria ter as qualidades maternas humanas aliadas às do deus.

— ...

— Eles decidiram que seria eu. Desta forma, tive a competência para gerar Iset.

Butehamun lembrou-se de Hatshepsut que, em uma dinastia anterior, precisou legitimar o seu direito ao trono por meio de uma teogamia, quando o próprio deus Amon a fecundou, disfarçado de Faraó, usando a imagem de seu pai, Tutmés II.

Ele nem precisou citar este fato, pois Merit logo terminou a narrativa da conspiração divina de concepção de Iset, no tempo de Amon. Ela explicou que Thot desejara manter a sua imagem original, e não tomar a de Butehamun. Amon concordou. Era o próprio desejo do deus Thot que estava em jogo. Rá e o supervisor dos deuses viajantes chamados para o evento concordaram e se responsabilizaram pela decisão tomada naquele momento.

Butehamun curvou-se. Estava de acordo. Respeitava a vontade dos deuses.

XVII. DEUSAS EM CENA

... *Hórus ascendeu como Governante.*
Vida, Prosperidade, Saúde.
A Enéade está em festa, o céu em alegria.
Eles levam guirlandas para Hórus, filho de Ísis.
Que surgiu como o grande governante do Egito.
Os corações da Eneáde exultam, toda a terra se regozija
Quando vem Hórus, filho de Ísis recebendo o ofício de seu pai,
Osíris, senhor de Busíris.
Papiro Chester Beatty I

Sekhmet, a deusa leoa, chegou na casa de Nepri ansiosa para contar a ele como tinha sido bem-sucedida na lição que dera nos mortais pretenciosos. Tinha castigado Butehamun e Merit por terem ousado distribuir os seus cereais ao povo de Deir el Medina.

Foi fácil conseguir o emprego de babá com o uniforme que tu fizeste para mim, falou candidamente para o mago, procurando a sua concordância com as atitudes dela.

Porque fiz um plano maligno. Visitei Shenendua e Dhutmose, que agora são vizinhos. Eles receberam-me muito bem. Ofereceram-me um bolo delicioso de tâmaras. Shenendua achou-me uma amável camponesa, capaz de levar para ela informações da vida na casa da sua poderosa nora. Dhutmose levou-me à casa do filho e me apresentou.

Pela minha audácia, consegui engravidar de Butehamun. Ele pensou que sonhava quando sentiu sensações telúricas ao acordar. Merit tinha saído cedo para trabalhar no *kemet*. Deixou o oficial, belo, sozinho, dormindo. Vestida de babá, entrei no seu quarto e fiz Iset dormir no meu colo. Depois, foi fácil...

O mago, que conhecia o temperamento ciumento de Merit, assustou-se com o relato e perguntou:

– Como reagiu a sacerdotisa de Meretzeguer?

– Ela meditou, seu rosto avermelhou. Ela enraiveceu.

Usei as palavras infalíveis que foram as mesmas que ela pronunciara para Butehamun, quando lhe contou da concepção de Iset:

– Longe de maliciar, Merit, pense que foi a vontade dos deuses!

Nepri ofereceu à Sekhmet o vinho de que ela tanto gostava. Precisavam festejar. Enquanto bebia, a deusa fez uma revelação que deixou o deus-mago, aquele que preparava as poções divinas, muito preocupado quanto à sua tranquilidade.

– Vou mudar-me para cá! El-Qurna é a mais alta montanha que cerca Deir el Medina. Daqui tenho uma visão esplêndida do nascimento e da morte, diários, de meu pai Rá! Ele pinta o céu com um rajado vermelho, amarelo e laranja, que me enlouquece.

Agitada, Sekhmet, a deusa leoa, pensou e logo ordenou a construção de sua nova morada.

Em algumas semanas, os deuses viajantes festeiros instalaram-se na magnífica mansão divina. Foram especialmente para a sua inauguração.

No dia seguinte, mal Rá surgira no firmamento, foi logo convocado para uma reunião com o panteão egípcio, na morada nova de sua filha predileta.

A leoa iniciou a fala do evento, mas era o sol que iluminava a tudo e a todos.

– Agradeço a presença dos meus colegas divinos. Em especial, estou feliz por ter Rá, meu amado pai, ao meu lado.

Pela importância das causas que me levaram à convocação desta Assembleia, elaborei uma pauta de discussão, para manter a ordem. Rogo que ela seja respeitada até o cair da tarde, quando meu pai se retira para sua jornada no outro mundo. Assim, nossos temas serão:

– Fecundação de deuses e mortais;
– Apropriação indébita de bens e cereais divinos por incitação e necessidades de mortais;
– Nomeação de Nepri para supervisor do Monte El-Qurna, selecionando os futuros moradores.

As discussões foram muito animadas até o entardecer. Sekhmet convidou a todos para uma festa de encerramento. Ela estava feliz com o sucesso de sua Assembleia.

O grupo da Enéade desculpou-se por ir embora tão cedo, mas Geb e Nut tinham funções vitais na manutenção do céu e da terra. Osíris saiu conduzido por Ísis. Ele estava exausto. Pelo papel de deusa da fertilidade e do nascimento, Hathor precisou sair para socorrer uma parturiente.

Em uma roupa muito sensual, a deusa leonina convidou Hapi, deus do Nilo, para iniciar as danças.

Foi neste momento que chegou Thot, desculpando-se pelo atraso. Ele separou, com uma certa grosseria, Sekhmet do seu par e falou rispidamente com a leoa:

– Estava com Meretzeguer até agora. Nossa amiga está descontente com a sua atitude junto ao casal de mortais. Por que decidiste engravidar de Butehamun? Ao que isto se deveu?

Sekhmet sempre foi encantada por Thot, o deus lunar, o mais intelectual e culto de todos. Adorava quando ele aparecia com o nariz pontudo de Íbis, mas, como babuíno, ficava também muito charmoso. Ela se enterneceu com sua presença.

Inventor dos hieróglifos e considerado especial por este motivo, Thot era um ser intermediário entre os deuses e os demiurgos.

A ele deviam ser notificadas todas as ordens, para que as registrasse e fossem cumpridas, para o bom funcionamento do mundo. Com certa frequência, Thot, de tão poderoso, dava conselhos para o próprio Rá:

– Deves atuar com pontualidade, para amanhecer e para produção do ocaso. O desaparecimento do sol é o fenômeno mais espantoso que temos para te fazer respeitar.

Fruto de divindades muito primitivas, Thot era um deus independente, identificado com Heydur, também lunar nas origens, do qual, diziam, se originava o seu aspecto de babuíno. Lendas relatam ainda que ele nasceu no decorrer da briga emblemática entre Seth e Hórus. Neste caso, ele teria surgido na cabeça de Seth, a partir das sementes de Hórus, que Ísis colocara nas alfaces do danado, para que ele as comesse. Desta forma, pela magia de Ísis, Seth engravidaria e daria à luz a um novo deus, Thot.

Assim, o deus babuíno seria uma fusão das melhores qualidades de um escriba, que viriam de Hórus, e as terríveis competências violentas de Seth, o primeiro dos assassinos da História do Egito. A confusão foi tamanha, na ocasião, que Rá foi obrigado a suspender a Assembleia Divina. Posteriormente, Hórus foi escolhido para deus da humanidade e da vida; Osíris foi designado o deus dos mortos.

Sekhmet nunca se preocupou com as raízes genéticas do seu amado. Com sua astúcia, conduziu Thot para sua piscina de ônix, onde eles competiram e nadaram à vontade.

Finalmente, ela respondeu à provocação de Thot, que indagava os motivos que tinham levado Sekhmet a tomar a atitude de represália com os mortais.

– Veja bem, amigo, Meretzeguer faltou à reunião. Tu chegaste atrasado.

Devo responder? Eu é que fui a prejudicada!

Muitas luas se passaram depois desta grande reunião divina, na mansão da deusa leoa.

Uma luz forte traçou o celestial caminho que trouxe Meretzeguer à margem da nova piscina de ônix da amiga Sekhmet. Os animais abraçaram-se amistosos em suas aparências humanas.

Thot iniciou uma conversa agradável sobre o local da moradia:

– Lugar maravilhoso. Todos podíamos ter uma residência por aqui. Que tal criarmos uma comunidade divina?

Sekhmet estremeceu, detestaria ter deuses como vizinhos. Mas ninguém levou adiante a proposta do divino babuíno. O motivo da reunião era o que importava: o casamento da filha de Butehamun/Thot e Merit, com o filho de Sekhmet com Butehamun.

Nossos filhos são inteligentes, saudáveis, lindos, e, o que é melhor, se amam muito, pensava Thot. Desde pequenos, incentivamos os seus encontros em festas de aniversários, tanto deles quanto os dos divinos viajantes festeiros. Foram juntos até mesmo ao Festival *OPET* do Faraó, que comemorou os seus vinte cinco anos de reinado, em Mênfis.

Eles se viam de rotina, toda semana, desde que nasceram ou na mansão de Sekhmet ou em Hermópolis, onde Thot era a cabeça da Ogdóade. Eles viajaram, em férias escolares, inúmeras vezes. Adoravam as esplêndidas praias do Mar Vermelho. Ali eles mergulhavam em busca de embarcações naufragadas. Encontraram relíquias, vindas de todo o Oriente, especialmente da Índia.

Enfim, foi um convívio extremamente estimulado pela sua origem mista divina e humana que, ainda é rara, hoje em dia, devido ao manifesto de Sekhmet que a proibiu, registrado em Ata da sua fabulosa reunião na cobertura no alto do Monte El Qurna. Enfim, corria a voz no Olimpo Egípcio que Iset e Amon foram feitos um para o outro.

Thot, o deus reflexivo, assim pensava, enquanto Meretzeguer enroscava-se, com a sua voluptuosidade de serpente, pelo corpo da deusa leoa, em uma relação amorosa que terminou por irritar o divino babuíno.

Ele embrabeceu e gritou:

– Vamos resolver este casamento já, pois Ramsés III confirmou que estará presente.

EPÍLOGO

Iset estava linda, entrando no Templo de Meretzeguer de braço dado com seu pai, Thot, um altaneiro Babuíno cinza! No altar cheio de flores a esperava Amon, esplêndido em seu traje de Oficial do Faraó.

Meretzeguer e Sekhmet brilhavam em suas roupas de festa, mas sem ofuscar Merit que, alinhada como Butehamun, enfeitava o ambiente com sua extraordinária vivacidade e beleza.

A festa se desenrolou na mansão de Sekhmet em El-Qurna, e a presença de Ramsés III ofuscava os convidados com a sua pompa.

O Faraó surpreendeu a todos com o seu discurso ao final da cerimônia de casamento. Ele declarou que os nubentes eram como seus filhos e, dessa maneira, deveriam iniciar uma nova dinastia, quando a Raméssida chegasse ao final.

Sob aplausos, o Rei despediu-se e voltou para Mênfis, deixando um rastro de alegria.

Logo depois, foi a vez dos noivos saírem. A lua de mel seria às margens do Mar Vermelho, e eles deixaram um bilhete para a família, que foi lacônico e afetuoso, alocado na atmosfera da festa. Em um ambiente mágico cuja habilidade de construção eles carregavam de nascença.

Com um movimento leve e muito aberto dos braços sobre suas cabeças, no formato arredondado do deus solar, eles aspergiram no ar um pó mágico dourado que Iset produzira nas oficinas do Templo de Meretzeguer. Ao agitar os braços, mostraram em uma pulseira o magnífico pilar *djed* de ouro, presente de seus padrinhos. Naquele momento, um perfume de alfazema soprou no ar. Os casais se abraçaram.

Pela mistura, durante meses a fio dos conteúdos misteriosos dos milhares de potes à sua disposição no laboratório do Templo de Meretzeguer, Iset e Amon incutiram nas mínimas partículas douradas que voavam, luminosas palavras de amor.

Ao mesmo tempo, Rá escureceu o ambiente, apagando astros e estrelas, e os convidados ficaram em êxtase diante da beleza do espetáculo.

Fez-se um silêncio osiríaco. O deus protetor dos mortos e de Deir el Medina abençoava a fala dos noivos.

– O Faraó nos contou sobre os seus planos para o nosso amado *Kemet*, o Egito.

– Este futuro que o nosso Faraó nos reservou é assustador!

– Não queremos destruir.

– Somos da paz e do amor!

– Fomos criados por vós com esta finalidade!

— Ramsés III nos quer guerreiros!

— Perdoem-nos, pais humanos e divinos, mas vamos mergulhar no Mar Vermelho, atravessar o deserto da Arábia, buscar e percorrer os espaços orientais divinos, de onde vem nosso grande deus, Rá.

— Coletaremos o bem e o amor em todo o lugar por onde passarmos! E os traremos para o Egito!

— Vamos contar a todos os povos sobre os conhecimentos de Thot e as manhas ardilosas de Sekhmet, nossos pais divinos.

— Falaremos sobre o exemplo de vida e das escolhas de Butehamun e Merit que, nas adversidades, souberam se completar, perdoar-se e se compreender.

— Nosso avô Dhutmose, o seu protetor Pilar de Osíris e a sua sabedoria estarão sempre conosco.

— Voltaremos, mas ainda não sabemos quando... trazendo a paz e a prosperidade para a nossa terra.

— Cuidem bem do Egito!

— Lembrem-se: este é um país voltado à agricultura.

— Alimentem o nosso povo.

— Eduquem-no nos preceitos de Ptahotep.

— *Ankh wedge seneb*: VIDA, PROSPERIDADE, SAÚDE!

Quando a névoa dourada se dissipou, os noivos estavam longe demais para serem vistos.

Todos se ajoelharam e fizeram reverências.

Exceto Butehamun e Merit. Eles se abraçaram fortemente e choraram como duas crianças pequenas.

Seus ninhos estavam vazios naquele momento!

POSFÁCIO: UM EGITO BEN TROVATO

A escrita acadêmica de Margaret é reconhecida por sua elevada, eu diria inusual qualidade. Quem lê suas obras sempre se fascina com a capacidade narrativa, a leveza, mesmo quando os temas estão longe de ser fáceis, marcados por dificuldades técnicas intransponíveis para aqueles que não foram longa e cuidadosamente treinados para enfrentá-las. A complexidade dos temas e a dificuldade de análise da documentação, contudo, nunca fizeram de seus textos leitura árida ou hermética. Parte desta característica, certamente, deriva da qualidade da professora, da grande mestra, que foi fundamental para difundir os estudos sobre o Egito e sobre a Egiptomania em todo o Brasil. Mas outra parte, não menos seguramente, surgia de outra qualidade – e rara entre autores acadêmicos – de tecer narrativas que permitiam diferentes níveis de leitura, contemplando o especialista e o simples curioso, sem qualquer (in)formação prévia no tema. Tais características aparecem de forma muito clara e será recordada pelos leitores de *O povo da esfinge* e *Fatos e mitos do Antigo Egito*. Essas qualidades ficaram bastante marcadas para mim em seu breve *O que são hieróglifos*, publicado pela coleção Primeiros Passos, da editora Brasiliense, que é um dos modelos de escrita que busco alcançar por sua qualidade, precisão e generosidade.

Foi, assim, com expectativas muito elevadas (sempre um grande perigo que correm os que têm um elevado nível de excelência já reconhecido) que tomei contato com a obra literária que agora nos apresenta Margaret Marchiori Bakos. Sem surpresa e com enorme satisfação, recebi o que esperava: uma obra maravilhosa que nos permite o contato com o Egito Antigo de uma forma nova e muito estimulante. Trata-se de obra de ficção, excelente literatura, na qual se percebe a pesquisa de anos, o cuidado e a reflexão da profunda conhecedora do universo mental e das paisagens sociais e naturais que são imbrincadas na narrativa. O texto transborda em vivacidade e profundidade, como se fora resultado de um longo diálogo com os personagens, que foram se tornando velhos conhecidos pela mescla de elementos que emergem da documentação, estudada com apuro e profundidade, e da imaginação criativa de uma mulher culta e de inteligência notável.

A pessoa historiadora trabalha frequentemente nesta fronteira de seu labor investigativo, calcado em métodos rigorosos e em teorias sofisticadas, e no exercício da sua imaginação. Por uma obrigação de ofício, no âmbito da história profissional, a imaginação deve se submeter aos rigores do método e aos limites da teoria, ao que pode ser extraído das evidências, que servem de base para a crítica e validação dos resultados encontrados. Creio que isto se passa com todas as pessoas que se dedicam à história. Eu experimentei esta sensação logo no início da carreira, quando estudei por muitos anos o *Satyricon,* de Petrônio. O mergulho profundo no universo daquela obra me fazia sentir capaz de dialogar com os personagens e pensar ações possíveis destes, tanto nas muitas lacunas que o texto preservado trouxe até nós quanto na minha vida e no meu dia a dia. Devo confessar que me pegava conversando com os personagens em alguns momentos, discutindo com eles coisas que me vinham à mente. Felizmente, especialmente para meu orientador, que me instruiu e acompanhou de perto toda a pesquisa, tais devaneios não foram para os textos acadêmicos em que apresentei os resultados de meus estudos. Não nos cabe dar um tratamento artístico à nossa matéria e nem temos a faculdade de recriar livremente conforme o gosto de nossa imaginação o que estudamos. A diferença é notável quando se trata do Satyricon, que recebeu tal abordagem de forma brilhante no filme *Satyricon, de Fellini.* Bem destacado no título, não se trata mais do *Satyricon,* de Petrônio, mas outro, novo diverso e que reflete o contexto da contracultura, de Fellini. Não se tratava de transpor o texto para a tela, mas usar alguns de seus personagens, de elementos da trama, para recriar algo humano e universal, poético.

Alguém poderá indicar que, para nós, que pesquisamos a Antiguidade, parecerá ser esta fronteira mais permeável do que a nossa, pois a História era então considerada literatura. Bem longe disto, como já argumentei em outro momento ("Escrita da história e as histórias dos antigos". In: CERQUEIRA, Fábio; GONÇALVES, Ana Teresa; MEDEIROS, Edalaura; BRANDÃO, José Luís. (Org.). *Saberes e poderes no mundo antigo.* Coimbra: Imprensa da Universidade de Coimbra, 2013, p. 19-34.), as fronteiras que se colocavam para a atividade de escrita da História se movimentaram bastante, mas a nossa produção sempre se afastou da poesia, antes, e da literatura, agora. Afastamentos variados, na antiguidade e na modernidade, plurais em ambas as épocas e bem ilustrativos das formas diferentes de produzir memória e compreensão sobre os passados e os presentes. Tito Lívio, no Prefácio de sua *História de Roma*, apresenta este ponto de forma bem original e apropriada para pensar as ricas possibilidades de ultrapassá-las: "No que respeita às épocas anterior à cidade e de sua fundação, temos mais relatos adornados com poesia do que memórias históricas, e não as quero confirmar nem refutar." No caso dele, acolher a poesia e dar a ela forma de história. No caso de Margaret, o caminho contrário, de dar à história forma literária, adornada e livre do método exigido pela ciência.

O movimento feito pela brilhante escritora e egiptóloga brasileira me faz lembrar as aventuras de um outro grande historiador que, depois que se aposentou, escreveu duas obras de literatura (*Mémoires d'Agrippine*, de 1992, e *Le procès de Néron*, de 1995). As obras foram escritas, ao que me parece, como uma forma de apresentar tudo que o grande Pierre Grimal sabia sobre este período e personagens (que estudou profundamente!). Contudo, à luz do método histórico e com o rigor da necessidade da prova documental exigida pela ciência, não poderia afirmar em texto acadêmico de sua área de origem nada daquilo que literariamente construiu. Conheço bem o período e avalio que as obras de Grimal podem nos fazer ver bem o período não pelo que aconteceu, mas pelo que poderia ter acontecido; não como história, mas como poesia (Aristóteles!). As duas obras merecem o aforismo registrado por Giordano Bruno: *se non è vero, è molto ben trovato*.

Difícil agradecer com palavras a generosidade de Margaret, de nos levar por sua imaginação e conhecimento ao Egito Antigo, a Deir el-Medina particularmente, ao convívio com a família de Dhutmose e todos que estavam em seu entorno. O livro de Margaret nos traz um Egito embalado em uma bela narrativa e com verdades profundamente humanas: *è abbastanza vero e molto ben trovato.*

Fábio Faversani

GLOSSÁRIO

Amon: Deus principal de Tebas e nome do esposo de Iset*
Any: Autor do Egito Antigo
Ankhiri: Primeira esposa de Dhutmose e mãe de Butehamun*
Ankhou: Vizir Volumoso*
Bá: O principal elemento não-corpóreo da personalidade do egípcio. É a união dos fatores que tornam a pessoa única.
Bês: Deus protetor da família e do parto
Binemwese: Esposa, do harém*
Butehamun: Esposo de Merit, filho de Dhutmose*
Deir el Medina: Vila de operários
Dhewty: Nome Sagrado de Iset, filha de Merit/Thot*
Dhutmose: Escriba-leitor de Deir el Medina*
Djed Djed M Ankh: Mágico fictício*
Dua Khety: Autor do Egito Antigo
Enéade do Céu: Nove deuses do Mito de Heliópolis
Hapi: Deus do Nilo
Hathor: Deusa do amor*

Irp: Vinho

Irtisen: Sacerdote de Sekhmet e Sunu de Merit*

Iset: Filha de Butehamun/Thot e Merit*

Itef: Pai

Ká: Princípio de sustento, que acompanha o indivíduo desde o nascimento até à morte. Oferendas eram feitas para que o ká restaurasse a força vital do falecido no outro mundo.

Kemet: Egito, "terra preta"

Ken-Amun: Filho de Dhutmose e Shenendua*

Kenebet: Tribunal da vila de Deir el Medina

Kenemet: "Moças da Alegria"

Kohl: Pintura preta para olhos

Leila: Segunda esposa de Butehamun (divorciada)*

Maat: Deusa da justiça faraônica

Madjoi: Guardião das tumbas*

Manekhete: Filha de Naunakhete e amiga de Merit*

Medsure: Oficial do harém*

Meretzeguer: Deusa-serpente

Meriamun: Vigia, na Núbia*

Merit: Esposa de Butehamun e mãe de Iset*

Meryt: Amor

Montu: Deus da guerra

Mut: Mãe

Naunakhete: Viúva, moradora de Deir el Medina*

Nebet per: Senhora da casa

Nefer: Bela (o)
Neferhotep: Filho de Naunakhete que protestou*
Niwt: Cidade
Ogdóade: Oito deuses do Mito de Hermópolis
Pebekamen: Chefe da câmara do palácio*
Per ankh: Escola
Peyes: Comandante do Exército*
Ptahotep: Autor do Egito Antigo*
Rá: Deus-Sol, pai de Sekhmet*
Redjedet: Esposa de Faraó da V Dinastia*
Rekhmire: Vizir*
Sá: Filho
Sat: Filha
Sahouré: Funcionário do Vizir*
Sekhmet: Deusa-leoa e mãe de Amon, marido de Iset*
Seneb: Saúde
Senet-Nay: Filha de Dhutmose e Shenendua*
Shendyt: Saiote masculino
Shenendua: Segunda esposa de Dhutmose*
Sunu: Sacerdote médico
Thot: Deus da escrita
Thot Ankh: Professor de Butehamun e Merit*
Tiy: Esposa, do harém*

*Nomes de personagens de "O Pilar de Osíris"